川端康成
作品精选
魏大海 主编

山 音
やまのおと

[日] 川端康成 著
魏大海 译

青岛出版集团 | 青岛出版社

图书在版编目（CIP）数据

山音 /（日）川端康成著；魏大海译、主编 . — 青岛：青岛出版社，2023.1
（川端康成作品精选）
ISBN 978-7-5736-0492-7

Ⅰ. ①山… Ⅱ. ①川… ②魏… Ⅲ. ①长篇小说—日本—现代 Ⅳ. ①I313.45

中国版本图书馆CIP数据核字（2022）第184217号

丛 书 名	川端康成作品精选
丛书主编	魏大海
本册书名	山音 SHANYIN
著 者	[日]川端康成
译 者	魏大海
出版发行	青岛出版社
社 址	青岛市崂山区海尔路182号（266061）
本社网址	http://www.qdpub.com
邮购电话	0532-68068091
策 划	杨成舜 王 伟
责任编辑	王 伟 王婧娟
装帧设计	今亮后声·核漫
封面插画	尔凡文化·秦国栋
照 排	青岛新华出版照排有限公司
印 刷	青岛双星华信印刷有限公司
出版日期	2023年1月第1版 2023年1月第1次印刷
开 本	32开（889 mm×1194 mm）
印 张	10
字 数	200千
印 数	1—6000
书 号	ISBN 978-7-5736-0492-7
定 价	59.00元

编校印装质量、盗版监督服务电话 4006532017 0532-68068050
上架建议：日本文学·小说·畅销

译序

1968年12月10日,瑞典学院常务理事安德斯·奥斯特林发表诺贝尔文学奖颁奖词:

——本年度诺贝尔文学奖的获奖者是日本的川端康成先生。

——川端康成先生的叙事笔调中,有一种纤巧细腻的诗意。溯其渊源,出自11世纪日本的紫式部所描绘的包罗万象的生活场景和风俗画面。

——川端康成先生以擅长观察女性心理而备受赞赏。……我们可以发现其辉煌而卓越的才能、细腻而敏锐的观察力、巧妙而神奇的编织故事的能力,描写技巧在某些方面胜出了欧洲文坛。

——川端先生的获奖有两点重要意义:其一,川端以卓越的艺术手法,表达了具有道德伦理价值的文化思想;其二,川端先生在架设东方与西方之间的精神桥梁上做出了贡献。

——这份奖状旨在表彰其以敏锐的感受性和高超的叙事技巧表现了日本人的心灵精髓。

目前,国内文坛掀起了新一轮"川端康成热"。译序开篇,先介绍日本著名作家和文学理论家对川端的评价。

评论家伊藤整认为,将丑转化为美乃是川端作品的一大特性。"残忍的直视看穿了丑的本质,最后必然抓住一片澄澈的美,必须向着丑恶复仇,"这是川端的"力量所在"。川端康成的两种特质有时会"在一种表现中重叠",有时会获得更大的成功。伊藤整说:"在批评家眼中,二者的对立无法调和,却可通过奇妙的融合使二者有机地结为一体。……唯有川端拥有那种无与伦比的能力,抵达真与美的交错点。"伊藤整又说"由此可见这位最爱东方经典的作家的心路历程"。川端康成在文学史上的意义在于,一方面他是"在马克思主义与现代主义对立、交流中"获得成功的批评家,另一方面"他又脱离了当时的政治文学和娱乐文学两方面,继承并拯救了大正文坛创发的体现人性的文学"。

三岛由纪夫则将川端称作"温情义侠",说他从不强买强卖推销善意,对他人不提任何忠告,只是让人感受"达人"般"孤独"的"自由自在的生活方式"。同时,川端的人生全部是在"旅行",他也被称作"永远的旅人"。川端的文学也反映出川端的人生态度。三岛由纪夫对川端的高度评价是,近代作家中唯川端康成一人"可体味中世文学隐藏的韵味,即一种绝望、终结、神秘以及淡淡的情色,他完全将之融入了自己的血液"。三岛说"温情义侠"川端与伪善无缘。普通人很难达到此般"达人"的境界。川端重视人与人之间的和谐,与世无争且善于社交,所以他还被称作"文坛的总理大臣"。

著名文学史评论家中村光夫则说,横光利一体现的是"阳",属于"男性文学",其文学的内在戏剧性在《机械》中明显表征为"男性同志的决斗";而川端康成体现的则是"阴",属于"女性文学"。在某种意义上,横光具有积极的"进取性",终生在不毛之地进行着艰苦的努力,"有人说他迷失在了自己的文学里";相比之下,川端学习了"软体动物的生存智慧",看似随波逐流,却成功地把"流动力"降到最低限度。中村光夫认为,川端康成作为批评家亦属一流,因此总能看透文坛动向的实质,继而在面对时代潮流时显现为一种逃避的态度,实际上却尤为切实地耕耘着自己脚下的土地。

如上十分精辟的评价,为我们描摹了一幅顶级作家的画像。下面我简单梳理一下川端康成的创作经历。1932年,川端以自己过往痛苦的失恋经历为题材,在《中央公论》上发表了《抒情歌》。1933年2月,《伊豆舞女》初次被拍成了电影(五所平之助导演)。同年9月10日,川端的画家好友古贺春江过世。同年10月,与小林秀雄、武田麟太郎、深田久弥、宇野浩二、广津和郎等一起成为《文学界》在文化公论社的创刊同人，旨在推动文艺复兴。后来《文学界》同人中又增加了横光利一、里见弴等。在暗郁的时代风潮和大众文学的泛滥中，他要维护纯文学的自由与权威并推动其发展。同年12月，川端在《文艺》杂志上发表了他的随笔《临终之眼》。这个时期川端作品的主题跟芥川龙之介的认知相关。芥川在其遗书中写道："'临终之眼'亦即死的念头始终萦绕于心。"川端康成在《临终之眼》中写道："我要把人妖魔化，却并未玩弄'奇术'。我描绘的是心中的叹息和战斗的现场。人们将之称作什么，我无从得知。"

1934年6月初，川端访新潟县南鱼沼郡的汤泽町，之后再访高半旅馆幽会十九岁的艺伎松荣，并以此为契机执笔连载小说《雪国》。1935年1月开始在几个杂志上连载《雪国》。同月芥川奖和直木奖创设，川端康成和横光利一同担任"芥川奖"评委。1936年1月至5月五次到越后汤泽，继续《雪国》的创作。1947年10月在《小说新潮》上发表《续雪国》，历时十三年终于完成了《雪国》的创作。

1948年5月，开始刊行《川端康成全集》（全十六卷），在各卷的"后记"中川端开始回顾自己五十年的人生（1970年将这些"后记"结集为《独影自命》刊行）。也是5月，他以中学时代的日记为素材，连载回顾过去的小说《少年》。同年6月，川端继志贺直哉之后就任日本笔会第四任会长。11月旁听了东京审判的判决。1949年5月，开始断续发表其战后代表作之一的《千鹤》；同年9月开始陆续发表《山音》各章。后者描写战后的一家人，留有色彩浓重的战争伤痕。有观点称，《山音》是日本战后文学的巅峰之作。从这一时期开始，川端的创作活动十分充实，这是他进入作家生涯的第二个多产期。同月，在意大利威尼斯国际笔会第二十一届大会上，川端作为日本笔会会长致辞——《和平没有国境线》。

1954年3月就任新设立的新潮社文学奖评委；4月在筑摩书房出版了单行本《山音》，之后据此获得了第七届野间文艺奖。从《山音》发行的同年1月开始，川端在《新潮》杂志上连载了长篇小说《湖》。这部作品备受瞩目，理由是采用了新颖的超现实手法进行心理描写，展示了"魔界"意象，有观点称这部实验性作品衔接之前创作的《水晶幻想》和之后的《睡美人》。从同年5月开始，《中部日本新闻》等开始连载《东京人》。这是川端唯一的超长篇小说，上下两卷约八十万字。从1956年1月起，《川端康成选集》（全十卷）由新潮社发行。

川端康成也是日本"新感觉派"文学的代表作家，20世纪初与横光利一联袂创刊《文艺时代》杂志，借鉴西方的先锋派文学，创立了日本的"新感觉派"文学。在欧洲达达主义的影响下，在以"艺术革命"为指向的前卫运动的触发下，《文艺时代》成为昭和文学的两大潮流之一（另一潮流是同年6月由无产阶级文学同人创刊的《文艺战线》）。但在日本文坛，"新感觉派"文学只是一个短暂的文学现象。后期川端作品更多体现的是日本式的唯美主义特征，小说富于诗性、抒情性，也有庶民性色彩浓重的作品，且川端有"魔术师"之谓，即衍化、发展了少女小说等样式。后期川端的许多作品追求死与流转中的"日本美"，有些将传统的连歌融合前卫性，逐渐确立起融合传统美、魔界、幽玄和妖美的艺术观和世界观。他默然凝视，对人间的丑恶、无情、孤独与绝望有透彻的认识，在此基础上不懈探究美与爱的转换，将诸多名作留在了文学史上。当然，川端康成后期的创作与"新感觉派"式的创作方法和文学理念并非全无瓜葛。

1930年，川端康成加入由中村武罗夫等人组成的"十三人俱乐部"，俱乐部成员自称"艺术派十字军"。同年11月，他在《文学时代》上发表《针与玻璃与雾》，受乔伊斯影响，采用了新心理主义的"意识流"手法。1931年1月，他在《改造》杂志上发表采用相同手法的《水晶幻想》，灵活运用了时间、空间无限定的多元化表现，体现了实验性作品应有的高度。

以上川端的经历并非依照正常的时序，而是想到了便信手拈来。1914年5月25日凌晨2时，与川端康成相依为命的祖父逝世。高慧勤主编的"十卷本"序中，对此有过精到的解读。祖父有志于中国的风水学和中药研究，却未能实现在世间推广的志向。祖父的喜好与过世，对川端的性格形成乃至文学特征都有影响。《十六岁的日记》写于祖父患病卧床期间，其定定看人（默然凝视）的习惯，据说亦与常年伴随因白内障失明的祖父生活相关。

下面该说说本"精选集"中选录的重要作品。

川端康成最重要的作品自然是《雪国》，它也被称作昭和时期日本文学代表性的长篇小说之一。作品主人公是名叫岛村的中年男子，他离开妻子所在的东京，去长长隧道的另一侧的雪国温泉村，并遇见了艺伎驹子。故事情节的展开，历来被认为是一种所谓"异界"（如"桃源乡""幽界""日本的故乡"等）探访的故事。但雪国温泉村并非是与东京隔离的异乡，而是同样具有近代侧面的去处，驹子毕竟是现实中的女性。不如说川端康成是以"非现实"的唯美手法把握了雪国温泉村、驹子和叶子等。《雪国》的重要特征在于叙事与表现的特殊关系。故事序章中川端以"电影重叠"的手法展现了火车玻璃窗上的叶子映象，结尾则描述了"电影胶卷"引发的雪中火灾。总之，与电影的密切关联，据说在"日本的""传统的"印象中凸显了现代主义的侧面。

精选集中另一部名作《睡美人》，被三岛由纪夫称作"颓废文学的逸品"。这部川端文学后期代表性的中篇小说关注的是老年人的生理与心理状态，绝非海淫海盗之作。

日本学者原田桂关于《湖》的解读具有启示性。她说，值得一提的是，现行版通过截断、删除末尾到开头的圆环，使主人公面对的问题无法通过闭环时间轴得到解决，而刻意通过作者之手形成未完的状态，使读者一同置身于永无终止的深渊。这种深渊正是解读"孤儿根性""万物一如"的川端文学的主题——魔界——的一个路径。

短篇名作《伊豆舞女》最初发表在《文艺时代》1926年1月、2月号上。当初并未引起巨大反响,后来却六次被拍成电影,作者也说是自己"特别喜爱的作品"。该作的情节、手法相对简单,被称作"20世纪日本代表性的青春爱情小说"。

前面提到,《山音》是川端康成非常特异的作品。评论家山本健吉称该作是"战后文学最高杰作之一、川端文学的最高峰"。正如一些研究者反复强调的那样,《山音》也是一部平静的"再生"物语。毫无疑问,与《睡美人》一样,《山音》着意表现的也是特殊背景下老年男性面对衰颓和死亡的心理以及情感状态。

纳入本精选集中的《千鹤》和《舞姬》,亦为战后的长篇小说,分别以茶道和芭蕾舞这种对照性的技艺为主题,描写了战争和战败带来的父权及家庭的瓦解,或者说是战前即已显露端倪的瓦解状态的表面化。与《雪国》的文体有所差异的是,《千鹤》充满了对四季风景和人物举止的详尽描写,对人物的心理、行为的洞察亦细腻超凡。茶具、痦子、雪子包袱皮上的千鹤图案等,各种元素都具象征性。有人说可以感知到古典名著《源氏物语》的影响及"二人合一"的"二重体女像"设置。另外《千鹤》还有名为《碧波千鸟》的续篇,该作品从1953年4月到12月连载于《小说新潮》上。怎样把握《千鹤》与《碧波千鸟》的关系,一直有很大的争议。

据川端称,《舞姬》也是未完之作。文体上与《千鹤》不同的是,《舞姬》深入到了复数人物的精神世界。三岛由纪夫曾指出,关注川端的人们需反复阅读的作品应该包括《抒情歌》(《中央公论》1932年2月)。这部小说具有神秘性,作品中人物向着已为故人的"你"诉说。川端认为佛经之类也是可贵的抒情诗。而作为诺贝尔文学奖参评作品之一的《古都》,则是川端最后的报载小说。《古都》写了一对孪生姊妹的命运及悲欢离合。小说开篇写到寄生于老枫树上的两株紫花地丁。两株花分别长在老树两个相隔不远的树洞中,象征了双胞胎姐妹的命运:一个是苗子,留在山中含辛茹苦;另一个是千重子,是养父母的掌上明珠。两人都是善良、优美、纯洁的少女。《古都》的情节相对简单。战后的《彩虹几度》,也是将京都作为故事的主要舞台。

另一部特异的作品《名人》(《后记·吴清源棋谈·名人》,1954年)经十六年加工修改完成,跨越战时和战后岁月,也是堪与《雪国》相提并论的代表作。1938年,本因坊秀哉"名人"与木谷实"七段"(作品中为大竹"七段")对弈,后川端以《本因坊名人引退围棋观战记》为题,连载作品于《东京日日新闻》和《大阪每日新闻》(1938年7月23日到12月28日)。其后,川端康成强烈"希望有机会将之改写为小说"(《独影自命》),后经中断、分期连载、加工和修改,完成了现在的《名人》。这部作品有四十一章和四十七章两个版本。本精选集采用的是四十七章的版本。最后,在此次面世的《川端康成作品精选》中,第九卷是短篇小说集,收录的重要作品有《少年》《十六岁的日记》《招魂祭一景》《女人的梦》等,第十卷为评论随笔集,收录《文学自传》《秋山居》《日本的美与我》《新感觉派》《新进作家的新倾向解说》等重要文章。

1968年10月17日,川端康成获诺贝尔文学奖。许多读者关心,应当如何看待他与日本第二位诺贝尔文学奖获得者大江健三郎的差异。两者的差异在于,川端康成的文学感受性是出类拔萃的。

1968年12月10日,川端康成身着和服正装,佩戴文化勋章,出席了在斯德哥尔摩音乐厅举行的诺贝尔奖颁奖仪式。第三天即12日下午两点10分,在瑞典学院,川端身着西装用日文作了获奖纪念演说《日本的美与我》。演说中,川端引用了道元、明惠、西行、良宽、一休的和歌诗句,配英语同声传译。川端康成的人生轨迹跨越二战前后,反映了那个时代。那些独白式的和歌作品,本身并未被时代的思想和世态左右,展现了作家自身的艺术观和澄澈的诗性。

关于川端康成的自杀,有如下几种说法。

1.殉身于日本行将破灭的"物哀"美学的世界。

战败后,川端决意"回到日本古来的悲哀之中"。在其诺贝尔文学奖获奖致辞《日本的美与我》中,他讲述了自己传承的古代日本人的心性,体现了日本人心性的"物哀"的世界，倘在历史的必然中行将为近代世界所取代，自己便唯有殉身于那个行将灭亡的世界。在自杀当年发表的随笔《犹若梦幻》中也有诗曰："朋友的生命皆已消亡，苟且偷生的我是火中莲花。"

2.好友三岛由纪夫的剖腹自杀（三岛事件）使之受到巨大冲击。

川端说："三岛君的死令我怀念横光君。两位天才作家的悲剧和思想并不相似。横光君是我同年的不二师友，三岛君是我年少的不二师友，我还会有活着的不二师友吗？"三岛的死给川端带来强烈的心灵冲击。两人关系密切，正是川端发掘了三岛的才能并给予高度的评价。二者的连接点还在于"宏观上否定战后的根本性精神构造"，且二者皆为"夭折的美学"所吸引。所以，川端没选择谷崎润一郎和志贺直哉那种"享受作家退休金"的寿终正寝的结局。

3.对老丑的恐惧。卧床不起、生活无法自理的祖父三八郎临终前的状况留给川端的深刻记忆，便是十分具体的老丑恐惧。他护理祖父的经历写在短篇《十六岁的日记》中。

4.另有一个推测性假说，与川端喜欢的一个女性助手（鹿泽缝子）相关。臼井吉见在其小说《事故的始末》（筑摩书房，1977年）中提出了相关见解。据小谷野敦说，川端希望将之收为养女。另外，据2012年尝试接触鹿泽缝子本人的森本获所言，缝子拒绝面谈，但通过丈夫表达了如下意见：那部小说中的女性与她无关，唯一可以说的是，她不知道川端先生是否钟情于她。但缝子在川端死后又曾对养父坦白:"我想先生自杀的原因在我。"森本获通过综合性考证,认为这个假说是事实。

5.获得诺贝尔文学奖后,小说创作停滞,创造力枯竭。获奖带来的是忙碌和负担。川端在获奖后曾说:"获奖非常光荣,但对于作家,名誉反而成为重负抑或妨碍,甚至令其萎缩。"

6.身体状况不好,加之立野信之、志贺直哉、亲密的表哥秋冈义爱的死,令其意志消沉,一时间着魔犯错。

7.事故说。川端比之前更加依赖于安眠药,死亡时有安眠药(海米那)中毒的症状。川端任日本笔会会长时信赖的副会长芹泽光治良在追悼记《川端康成之死》中否认他是自杀。

编选《川端康成作品精选》时,我重读了高慧勤先生早年的《川端康成十卷集》译序。洋洋洒洒两万余字的鉴赏文,深入、细腻,充满感性体悟和理性剖析,绝非四平八稳的"川端康成论"可比拟,同时萃聚了充溢的知识性和灵动的文艺性,纯然是一篇文字优美、分析到位、感情充盈的散文名作。这里作为结语引用一段,以飨读者。

川端康成是一位难以把握的作家。他创造的艺术世界,意蕴朦胧,情境飘忽,令人颇有些费解。倘说他是美的追求者，作品却时时表现美的毁灭，美与死亡常常结下不解之缘；倘说他是女性的膜拜者，有时又不那么热切，甚至还投去冷漠的一瞥；倘说他是官能的崇尚者，却只是发乎情而止乎憧憬，还以遐想的成分居多。在纷繁的人世，他是孤独的、悲哀的。在他构筑的艺术殿堂里，你看到的是一幅幅忧伤的浮世绘。浮世绘是江户时代（1603—1867）的市民艺术。"浮世"二字原初写作"忧世"，意谓"世道多忧"，系佛家用语。后来才转指无常、虚幻而短暂的现世。所以浮世绘表现的，大多为市民阶层的世态风俗和现世欢情。画师们以新鲜的感觉，观照自然人生，率真地表现主观意象。那春愁撩乱的痴男怨女，那揽镜自怜的青楼艺妓；雨夜里啼月的杜鹃，暮色中积雪的山径；春日的飞花，秋天的落叶……构成一片清幽淡雅的世界；那色彩，绚丽中带些枯涩，明艳中流露出哀伤，点染出一派十足的日本风情。

在这套精美的《川端康成作品精选》面世之际，谨对恩师高慧勤先生表达敬意和缅怀。高慧勤先生2000年主编、翻译的《川端康成十卷集》（河北教育出版社）是国内迄今为止不可多得的一套川端康成精选集。"十卷集"的译者除了高慧勤先生本人，还有当时中国日本文学研究界的前辈李芒先生、刘振瀛先生、李德纯先生、文洁若先生、金中先生和赵德远先生等，谨向各位前辈表示敬意。当然也有一些同辈中的佼佼者，如谭晶华先生和林少华先生等。我和侯为先生当时承担了"十卷集"中的第十卷（川端康成的评论和随笔）的翻译。此次，青岛出版社的《川端康成作品精选》也参照了高慧勤主编的《川端康成十卷集》，沿用部分译作。

魏大海

2022年10月9日于燕郊

目录

译序 - 1

山音 - 1
蝉翼 - 19
云焰 - 39
栗子 - 53
岛梦 - 77
冬樱 - 97
朝露 - 115
夜声 - 131
春钟 - 149
鸟巢 - 171
都苑 - 189
伤后 - 211
雨中 - 229
蚊群 - 243
蛇卵 - 257
秋鱼 - 275

山　音

尾形信吾小蹙眉头，微微张口，似在苦思冥想。旁人眼中，他不似在想事儿，而像是悲伤不已。

儿子修一觉察到了却不以为意，感觉父亲平常也是如此。

儿子的理解更准确，父亲并非在想事儿，而是在重现某种回忆。

父亲摘下帽子，用右手捏着放在了膝上。修一不声不响地拿过帽子，放到电车的行李架上。

"嗯，我说……"信吾有点儿难于启齿，"前些时日回去的女佣叫什么来着？"

"加代吧？"

"啊，是加代。她什么时候回去的？"

"上星期四，五天前啦。"

"五天前吗？五天前告假回家的女佣，她的相貌、衣着我竟统统记不清了。这可怎么办呢？"

修一心想,父亲多少有点儿夸张了吧。

"就是这个加代,在她回去的两三天前吧,我出门散步,要穿木屐时嘟哝了一句'大概是得脚气了'。加代却说'是磨破的吧',用词典雅,让我佩服。上回我散步时,木屐带磨破了脚,她说'磨破',在'磨破'前还加了敬语呢。我听着十分舒服,倍加感佩。可是现在我才发觉,她说的是'木屐带磨破(了脚)',并非什么敬语。哪里值得那样感佩?加代的重音真怪!她的重音误导了我。我是突然意识到这个问题的。"信吾说。

"你用敬语说'磨破'给我听听。"

"OZURE①。"

"木屐带磨破(了脚)呢?"

"OZURE。"

"嗯,你瞧!我没说错吧。一样的发音,加代的重音错了。"

信吾是外地人,对东京话的音调把握不准。修一则是在东京长大的。

"我还以为她说的是'磨破'加敬语呢,听起来典雅悦耳。送我出大门时,她就跪坐在那里。这会儿我才意识到她说的并非敬语,只不过是变了调的'木屐带磨破(了脚)'。可是我怎么也想不起那个女佣的名字,相貌、衣着都记不清了。加代在咱们家也待了半年吧?"

"没错。"

---

①OZURE:日语"おずれ"的罗马字。

修一习惯了父亲的这一套，一点儿也没有表示同情。

信吾自己也习惯了，却还是有些恐惧。无论他怎样回忆，加代的形象都无法清晰地浮现出来。这种脑海中空空如也的焦虑，有时则因满满的感伤情绪而稍有缓解。

此时亦如是。在信吾的想象中，加代跪坐在大门口，双手撑地施礼，且稍稍探出身子说：

"我想是磨破的吧？"

女佣加代做了半年，信吾好不容易才找回了这个记忆，追忆起她在大门口送行时的形象。念及于此，信吾仿佛感触到自己正在逝去的人生。

◆ ◆ ◆

发妻保子已六十三岁，比信吾年长一岁。

他们有一儿一女。长女房子生了两个女儿。

保子显得年轻，不像是年长的妻子。当然不是说信吾已老态龙钟，而是一般来说，妻子该比丈夫年龄小。不过两人倒也般配，兴许是保子身材矮小却结实、健康的缘故吧。

保子并非美人，年轻时自然显得年长，信吾便不愿跟她一道外出。

信吾始终想不清楚，到了多大年纪，人们才能自然而然地以夫长妻少的一般常识看待自己。估计是在五十岁过半以后。按理说女人老得早，可事实却相反。

信吾在去年花甲之年，吐了一点儿血，可能是从肺里咯出来的。事后他未做细致的检查，也没有好好疗养，后来倒是并无大碍。

他的身体也没有因此而迅速衰老，毋宁说皮肤反而变得润泽。卧床半个月，眼睛和嘴唇简直像返老还童一般。

信吾以往没有结核症状，六十岁了初次咯血，总觉得有点凄怆，所以有时便拒绝医生的诊察。修一认为这是老顽固，信吾却不以为然。

保子或因身体健康，睡眠很好。信吾却睡眠不佳。他想，兴许是半夜里遭到保子鼾声的影响才醒来的吧。保子十五六岁就有打鼾的毛病，据说其父母为矫正这个毛病煞费苦心。她结婚后虽然不打鼾了，可五十岁以后又复发了。

信吾心情好的时候，会捏住她的鼻子摇晃，她仍不停息，信吾便掐住她的脖颈摇晃。心情不好的时候，就感觉这长年相伴的肉体又老又丑。

今晚心情不好，信吾打开电灯，眄了一眼保子的脸，便掐住她的脖颈摇晃，把汗都摇出来了。

只有保子停止了鼾声，信吾才感觉触摸的是发妻的身体。念及于此，他的心头掠过莫名的哀伤。

他捡起枕边的杂志。因天气溽热，便起身打开一扇雨窗，蹲在那里。

月夜。

菊子的连衣裙垂挂在雨窗外，是令人生厌的浅白色。信吾凝望着它心想：大概是洗涤后忘记收回了，或是让夜露去除汗渍？

"吱嘎，吱嘎，吱嘎……"

庭院里传来蝉鸣声。那是左侧那棵樱树上的蝉鸣。信吾疑惑，蝉怎么会发出如此可怕的声音？可确实是蝉鸣。

蝉也怕做噩梦吗？

蝉飞进屋里，落在蚊帐的下缘上。

信吾抓住那只蝉，没有蝉鸣。

"哑蝉啊！"

信吾嘀咕了一句。这显然不是那只会叫的蝉。

信吾使劲儿将蝉扔向左侧那棵高高的樱树，免得它看到亮光再飞进来，却无法确定扔到了哪里。

信吾抓住雨窗望向樱树，想确认蝉是否落在了樱树上。月夜幽深，仿佛深邃地延向一侧的远方。

还有十天才到八月，但秋虫聒鸣。

他仿佛听见夜露从一片树叶滴落到另一片树叶上的声音。

信吾蓦然听到了山音。

没有风，接近满月的月亮晶莹透亮。小山被裹挟在夜间潮湿的冷气中，山上的树林轮廓朦胧，并无风中摇曳之感。

信吾所在的檐廊下，羊齿草叶亦纹丝不动。

有时，夜间耳闻镰仓山谷的波涛声。所以，信吾怀疑那是海音，实为山音。

它虽像远方的风声，却有地鸣般深厚的底力。信吾似乎能在脑海里听见这种声音，他以为是耳鸣，摇了摇头。

声音停息。

信吾陷入深深的恐惧中。他不寒而栗，莫非那是死期将至的预告？

他想冷静地确认到底是风声、涛声，还是耳鸣，统统不对。他听见的确实是山音。

那声音恍若魔鬼鸣山而过。

陡坡笼罩在充满潮气的夜色中，山前仿佛有一堵黑魆魆的高墙。小山堵在信吾家的庭院前，说是高墙，其实就像半切的鸡蛋竖立着一样。

高墙旁边和后面都是小山，山音似乎来自信吾家的后山。

透过山顶林木的间隙，可以望见几颗星星。

信吾在关木板雨窗时，突然想起了一件怪事。

约莫十天前，信吾在新屋的客厅里候客。客人没来，却来了一个艺伎，之后又进来了一两个。

"把领带解下来吧。这么热……"艺伎说。

"嗯。"

信吾听任艺伎解下领带。

两人并不相识。艺伎将领带塞进信吾置于壁龛边上的大衣兜里，然后谈起她的身世来。

艺伎说，两个多月前她同修建这屋子的木匠险些殉情，吞药时,她怀疑药的分量能否顺利致死。

"木匠肯定地说致死量无误,这样一份份包好足以证明啊。"

但是艺伎不相信,她的疑心越来越重。

"谁给包的?为了教训我们,让我们吃苦,就不会在分量上做手脚吗?我问哪里的医生、哪家药房给的,他不肯说。你说奇怪不奇怪,两人要一起去死,为什么还藏着掖着的?死也得死个明白,对不?"

"你在说相声吗?"信吾欲言又止。

艺伎坚持确定了药的分量后再殉情。

"我一直带在身上呢……"

信吾心想真是怪事,耳朵里仅留下一句"修建这屋子的木匠"。

艺伎从纸袋里掏出药包,打开给信吾看。

信吾看后"唔"了一声,包的是不是毒药,他哪里懂。

信吾关上了木板雨窗,想起了那位艺伎。

他钻进被窝里,未唤醒六十三岁的老妻,也未向她描述听到山音时的恐惧。

◆ ◆ ◆ ◆

修一与信吾在同一家公司,他的一项分工便是协助父亲记忆。

保子自不消说，连修一的媳妇菊子也分担着信吾助忆员的工作。三个家人都在协助信吾记忆。

在公司里，信吾办公室的女事务员也在帮助信吾记忆。

修一走进信吾的办公室，从墙角的小书架上抽出一本书，"哗啦啦"翻阅。

"哎呀，哎呀。"

他走到女事务员的桌旁，让她看翻开的一页。

"怎么啦？"信吾微笑着问。

修一手捧着书走近前来。

翻开一页的书上写着：

> 这里并未丧失贞操观念。男人忍受不了持续爱一个女人的痛苦，女人也不堪忍受总爱一个男人的痛苦，双方为了更愉快、更持久地爱慕对方，作为手段，彼此可以找寻爱人以外的男女。就是说，作为巩固彼此内心的方法……

"书上的这里，是哪里啊？"信吾问道。

"巴黎呀。小说家的欧洲纪行啊。"

信吾的头脑对警句、反论已相当迟钝。不过，这哪里是什么警句、反论，倒像是出色的洞察。

他觉得修一并非有感于什么洞察，而是示意女事务员下班后带她外出。

在镰仓站下车后,信吾拿不定主意:跟修一约好一起回家好,还是比修一晚点儿回家好?

下班时东京人头攒动,巴士也拥挤不堪。信吾决定步行。

信吾来到一家鱼店前,驻足观望。老板招呼他,他便靠近了店铺门口。装着大虾的木桶里,水灰蒙蒙泛白,信吾用手指戳了戳龙虾,看着像活的,却不动弹。海螺大量上市,他决定买海螺。

"要几只?"老板问。

信吾迟疑了片刻。

"几只呢?三只。要大的吧。"

"好嘞。帮您处理一下吧。"

老板和儿子两人将刀尖刺入海螺壳,剜出螺肉。刀尖碰在壳上发出的嘎吱声响,让信吾有点儿受不了。

他们在水龙头处冲洗,麻利地切片。这时两个姑娘站到了店铺前。

"买点什么?"

老板边切海螺肉边问。

"竹荚鱼。"

"几条?"

"一条。"

"才一条?"

"嗯。"

"就一条？"

这是稍大点儿的竹荚鱼。

姑娘对老板露骨的蔑视并不介意。

老板用纸片包好竹荚鱼，递给了姑娘。

身后的另一个姑娘轻捅了一下前边姑娘的胳膊肘。

"本来不想买鱼的嘛。"

前边的姑娘接过竹荚鱼，又去看龙虾。

"星期六还有龙虾卖吧？我相好的喜欢。"

后边的姑娘一言不发。

信吾惊诧不已，偷偷瞥了姑娘一眼。

她们是两个雏伎，整个背部裸露，足蹬布凉鞋，身材健美。

鱼店老板将细切的海螺肉归拢到案板中央，分别装入三只螺壳里。

"那种人，镰仓也多起来了。"

鱼店老板的语气有些不屑。信吾深感意外。

"哪里，蛮不错的嘛。好亮眼哪。"信吾似乎不以为然。

老板熟练地将螺肉塞进了螺壳里。信吾注意到的却是一些奇怪的细枝末节。他心里想：三只海螺的肉绞在了一起，如何回到自己原来的壳里？

今天是星期四，距星期六还有两天。信吾在想：最近鱼店里常有龙虾，那粗野的姑娘将怎样烹制一只龙虾？是给外国人吃吗？但龙虾无论煮、烧、蒸，都是一种野蛮而烹制简单的料理。

信吾确实对两个姑娘有好感,内心充满了无尽的惆怅。

一家四口,却买了三只海螺。他知道修一晚饭不回家吃,却没有意识到儿媳菊子会有想法。鱼店老板问买几只,他无意中就减去了修一的一只。

信吾途中路过菜店,又买了些白果带回家。

❖ ❖ ❖ ❖

信吾破例买鱼回家,保子和菊子却不以为意。

或因没看见理应一起回家的修一,她们有意掩饰着什么。

信吾将海螺和白果递给了菊子,而后随菊子走进了厨房。

"给我一杯糖水。"

"嗯,这就给您端去。"菊子说。

信吾自己拧开了水龙头。

水槽里放着龙虾和大虾。信吾感觉正合心意。在鱼店,他是想要买虾的,但并未想起买这两种虾。

信吾望着大虾的颜色说:

"真是好虾呀!太好了。"

色泽新鲜的大虾晶莹透亮。

菊子用厚刃菜刀的刀背一边敲白果一边说:

"您特地买这些白果回来,可都不能吃呀。"

"为什么？大概是季节不对……"

"给菜店挂个电话，就这样跟他们说吧。"

"行啊。嗨，大虾和海螺是一类，真是多此一举啊。"

"我来露一手江岛茶店的手艺……"菊子吐了吐舌头说，"烤海螺、烧龙虾、炸大虾。我出去买点儿香菇回来。爸爸，能帮我去院子里摘点茄子吗？"

"嗯。"

"要小的。还有，摘些嫩紫苏叶。哦，对了，只炸大虾行吗？"

晚餐桌上，菊子端出了两份烤海螺。

信吾有点儿迷惑不解。

"还有一份海螺吧？"

"哎呀，爷爷、奶奶牙口不好，想着让二老好好吃一顿的……"菊子说。

"什么？……好狠心哪。家里还没孙子，哪来的爷爷？"

保子低下头，嗤嗤地笑了。

"对不起。"

菊子轻盈起身，端来了另一份烤海螺。

"按菊子说的，咱俩好好吃一顿不就行了……"保子说。

菊子说话随机应变，信吾由衷地叹服。这样，就不必拘泥于海螺是三份还是四份了。她貌似天真，却几句话就解决了难题。

菊子或许也想过：自己不吃，留一份给修一；或自己和婆婆合吃一份。

保子并没有领会信吾的心意,糊里糊涂地又问:

"只有三只海螺吗?家里四口人,怎么只买了三只?"

"修一不回家,要四只干什么?"

保子苦笑。兴许是由于年龄的关系,看不出是不是苦笑。

菊子脸上无一丝阴郁,也不问修一去了哪里……

菊子家里兄弟姊妹八人,她是幺女。

七个兄姊均已婚,孩子很多。信吾不时念及菊子父母旺盛的生育能力。

菊子常发牢骚,公公信吾至今记不住菊子兄姊的名字,更记不住众多外甥和侄子的名字。

菊子的出生历尽艰险,父母根本不想再生,原以为也不能再生了,母亲却怀了孕。她觉得这把年纪怀孕丢人,就诅咒自己的身子,甚至尝试过堕胎,但失败了。生菊子时难产,是用产钳夹住额颅拽出来的。

这都是听母亲说的,她也照原样告诉了信吾。

信吾无法理解,母亲为何要告诉孩子那种事,菊子又为何要告诉公公。

菊子用手掌按住刘海儿,让信吾看额头上隐约可见的伤痕。

打那以后,信吾一看到菊子额头上的伤痕,就会不由得迷恋菊子。

菊子是幺女,与其说她备受娇宠,莫如说招人喜爱,她总有点儿纤弱之感。

菊子嫁过来时，信吾就发现，菊子没有动肩便有一种美的动感。他明显感觉到一种新式的媚态。

信吾不时由身材苗条、肤色洁白的菊子联想到保子的姐姐。

少年时代，信吾爱慕保子的姐姐。姐姐死后，保子到姐姐的婆家照料姐姐的遗孤，忘我地工作。保子希望做填房。她固然喜欢美男子姐夫，但她更在意的还是姐姐。姐姐是个美人，让人难以相信她们竟是同胞姊妹。保子一直觉得，姐姐和姐夫是理想中的情侣。

保子敬爱姐夫，也疼爱姐姐的遗孤。姐夫却视而不见保子的真心，终日在外吃喝玩乐。保子似亦甘愿牺牲终身为他们服务。

信吾明知这种情况，还是与保子结了婚。

三十余年后的今天，信吾并不认为自己的婚姻是个错误。稳固持久的婚姻未必受制于起点。

然而，保子姐姐的面容总是萦回在两人的心底。尽管信吾、保子都闭口不谈姐姐，但却终生无以忘怀。

儿媳菊子过门后，闪电般地照亮了信吾的回忆。这并非那般病态。

修一同菊子结婚不到两年，外面就有了新欢，这也使信吾大为震惊。

与农村出身的信吾的青年时代不同，修一压根儿不为情欲和恋爱苦恼，看不出他有过什么苦闷。修一什么时候初识女性，信吾也无从估摸。

信吾盯视修一，认定他现在的女人不是艺伎，就是个娼妇型的女人。

信吾怀疑修一带公司的女事务员外出，说不定就是跳跳舞或迷惑一下父亲。

信吾不禁从菊子身上感觉到，修一的新欢大概不是一个小巧型的女人。打那之后，修一和菊子的夫妻生活突然有了进展，菊子的体态也发生了变化。

品尝烤海螺那夜，信吾醒了，菊子不在跟前他却耳闻其声。

信吾觉得，修一另有新欢这事，菊子压根儿是不知道的。

"为一只海螺，要父母道歉吗？"信吾喃喃自语。

菊子不知道修一有了新欢。那个女人将给菊子带来何等影响呢？

在信吾似睡非睡中，天已亮了。他出去取报纸。月儿还悬在苍穹。信吾把报纸浏览了一遍，就又打起盹儿来。

◆ ◆ ◆ ◆

在东京车站，修一一个箭步上了电车，先占下一个座位，让随后上车的信吾坐了下来，自己则站立着。

修一递上晚报，又从自己的衣兜里掏出了信吾的老花镜。信吾还有一副老花镜，总是忘记带，便让修一带一副备用。

修一的目光离开了晚报，弯下腰看着信吾说：

"今天，谷崎拜托我说，她小学的一个朋友想做女佣……"

"是吗？雇用谷崎的朋友，不太方便吧？"

"怎么？"

"女佣或许听谷崎说过你的事，没准儿会告诉菊子啊。"

"那真扯淡。能告诉她什么？……"

"你这人，总得了解一下女佣的身世吧。"

信吾继续翻阅晚报。

在镰仓站下了车，修一开口说：

"谷崎对老爸说我什么啦？"

"什么也没有说。她守口如瓶呢。"

"啊？真讨厌啊！要是让爸爸办公室那个事务员知道了，以为我怎么样，爸爸您岂不是很难堪。不能成为外人的笑柄啊……"

"自然啰。不过，你可别让菊子知道啊。"

修一似乎无意过多隐瞒。

"谷崎都说了吧？"

"谷崎明知你另有新欢，还跟你搅在一起吗？"

"嗯，谁知道呢！一半是因为嫉妒吧……"

"你真是造孽啊。"

"快掰了。正想跟她分手呢。"

"你的话我听不懂。算了，以后慢慢说吧。"

"分手后慢慢跟您说……"

"反正不能让菊子知道啊。"

"嗯。不过,菊子说不定已经知道了。"

"怎么回事儿?"

信吾有些不高兴,缄口不语。

他回家后还是不高兴,用过晚饭,站起身就回自己屋了。

菊子端来切好的西瓜。

"菊子,你忘记拿盐了。"保子随后跟过来。

菊子和保子一起随意地坐在了檐廊上。

"老头子,菊子喊'西瓜、西瓜'的,你没听见吗?"保子说。

"没听见呀,我知道那西瓜是冰镇的嘛。"

"菊子,你瞧,还说他没听见呢。"保子对菊子说。菊子也转过身来面向保子。

"爸爸好像在生气呢。"

信吾沉默了半晌儿才开腔说:

"最近耳朵有点儿不对劲儿呢。前些日子,半夜开着那儿的雨窗纳凉,恍惚听见山鸣之声。你这老婆子却睡得呼呼香。"

保子和菊子望了望后边的那座小山。

"您是说山鸣的声音吗?"菊子问,"记得有一回我听妈妈说过,大姨临终前也听见了山鸣之声。妈妈您说过对吧?……"

信吾吃了一惊,自己竟然忘了这事,真是无可救药。听见山音时,为何没想起这一茬儿呢?

菊子说罢,像有点儿担心,美丽的肩膀一动不动。

蝉翼

女儿房子带着两个孩子来了。

大的四岁,小的刚过一岁生日,看间隔,房子还会再生。信吾忍不住问了一句:

"还生吗?"

"爸爸您又来了,烦人不?上回不是说过了吗?"

房子随手放下那个小的,让她横卧着,解开了襁褓。

"菊子还没有吗?"

房子说得漫不经心。菊子望着幼儿出神,脸色陡变。

"让孩子就那样躺一会儿吧。"信吾说。

"她叫国子,什么'孩子'呀。不是外公你给起的名字吗?"

觉察到菊子脸色陡变的似乎只有信吾。信吾并不介意,定定地瞅着襁褓中解放的幼儿可爱的双腿运动。

"甭管她,解开了挺舒服的样子,刚才一定热得够呛。"保子说着膝行靠近,挠痒痒似的拍打着幼儿,从下腹直拍到大腿根,"你妈妈去洗澡……姐姐也去,去擦把汗……"

"手巾呢?"菊子站起身问。

"带着呢……"房子说。

看来是打算住几天。

房子从包袱里取出手巾和替换的衣服,长女里子默不作声地紧贴着站在她身后。这孩子来到这里还没说过一句话。从后面看,里子一头浓密的黑发格外醒目。

信吾认得房子包杂物的包袱皮,只记得那是自家的物品。

房子是背着国子,牵着里子的手,拎着小包袱,从电车站走回家来的。信吾觉得她真是不简单。

母亲这样牵着里子走,她满心不高兴,会闹别扭。母亲遇上不顺心的事或难事时,她就会越发闹别扭。

信吾心想,儿媳菊子若是装扮得入时,保子就会难堪。

房子去了浴室,保子摩挲着国子大腿内侧微红的地方说:

"我总觉得这孩子比里子长得结实。"

"莫非是里子在父母不和之后出生的缘故?"信吾说。

"里子出生后,父母感情不好,是会受影响的呢。"

"四岁的孩子懂吗?"

"应该懂吧。会受影响的呢。"

"不是天生的吗?这个里子……"

孩子冷不防翻转身体,突然往前爬,抓住拉门站了起来。

"哦!嚯!"

菊子张开两只胳膊,抓住幼儿的双手,扶她走到相邻的屋里。

保子蓦地站起身，捡起房子放在行李旁边的钱包，打开瞅了瞅。

"喂！你干什么？"信吾压低了嗓门，声音有点儿颤抖，"住手！"

"怎么了啊？"保子显得非常沉静。

"我说住手，你听到没有？你这是干什么？"信吾的手指尖在颤抖。

"我又不是要偷。"

"比偷还恶劣。"

保子将钱包放回原处，坐下来说：

"自己女儿的东西，有什么关系啊？！人回来，我又没钱给孩子买点心，怎么办呢？我也想了解房子家里的情况啊。"

信吾瞪了保子一眼。

房子不一会儿就从浴室里折回。

保子旋即吩咐似的说：

"哎，我说，房子，刚才我打开你的钱包看，被你爸骂了。老妈做得不对，跟你道歉哪。"

"有什么不对的？"

保子跟房子说了这事，信吾愈发生厌。

信吾思忖，或许正如保子所言，母女之间算不了什么。可是自己却因生气而浑身战栗。岁数不饶人，或许这是一种精神上的疲惫从内心深处涌出来吧。

房子瞅了瞅信吾的脸色。她吃惊的并非是母亲偷看了自己的钱包，而是父亲的大为光火。

"随便看呀。请看呀。"

房子的口吻并不在意，她随意将钱包扔在了母亲膝前。

这又使信吾更加生气。

保子并不想伸手去碰钱包。

"相原以为没有钱，我就无法逃离家门。瞧吧，什么都没有。"房子说。

扶着菊子走路的国子腿一软摔倒了，菊子将她抱了起来。

房子撩起短外套的下摆，给孩子喂奶。

她不漂亮，身体却健壮。胸部尚未扁瘪，乳汁十足。

"星期天，修一还出门了？"房子问起弟弟。

她似乎发觉了什么，有意缓和父母间不愉快的氛围。

❖ ❖ ❖

信吾回到自家附近，仰脸望着别人家的向日葵花。

他仰望着走到花下。向日葵立在门旁，花盘垂向门口。信吾站在这里，妨碍了人家的出入。

邻家的女孩回来了，站在信吾的身后等候。她原本可以从信吾的身旁擦身入内，可她认得信吾，便那样站在他身后等候。

信吾发觉了女孩，说：

"偌大的葵花，真好看啊。"

女孩些许腼腆地微微一笑。

"就留下了这一盘花。"

"就此一盘哪！所以开得这么大，对吧？开很长时间吗？"

"嗯。"

"能开多少天？"

十二三岁的小女孩答不上来。她望着信吾的脸苦苦思索，然后跟信吾一起仰望葵花。小女孩晒得黝黑，圆脸胖乎乎的，手脚却精瘦。

信吾想给女孩让路，朝对面望去，还有两三家种着向日葵。

对面的葵花长在茎的顶端，一株三盘，却只有女孩家的半盘大小。

信吾正要离去，却又回头望了望向日葵。

这时传来了菊子的声音。

"爸爸！"

菊子站在信吾的身后。毛豆在菜篮子边缘探头。

"您回来了。您在观赏葵花吗？"

信吾与其说是在观赏葵花，莫如说是在担心——他没跟修一一起回家，担心让菊子心中郁闷，所以来到附近的邻家看葵花。

"真美啊！"信吾说，"像伟人的头颅。"

"伟人的头颅"这个词语是瞬间浮现出来的,不是信吾思考出来的。

然而,信吾之所以这么说,却是因为强烈地感受到向日葵花宏大而凝重的力度,也有感于葵花秩序井然的构造。

花瓣宛若花盘的边饰,圆盘的大部分是花蕊,隆起来密密地铺满一层。花蕊之间并无色彩争妍,而是齐整、沉静,充满力量。

花盘大过人的头盖骨。信吾或许是面对花盘秩序井然的分量感,才突然联想到人的头颅。

另外,信吾突然觉得,葵花蓬勃的自然力的分量感正是巨大男性的象征。信吾不知道,在这花蕊的圆盘上雄蕊和雌蕊各有何等功能,但他确信感受到了男性的力量。

夏日的傍晚,风轻云淡。

花蕊圆盘四周是黄色的花瓣,黄色犹如女性。

信吾离开向日葵向前走,心里想:莫非是因为菊子来到了身旁,头脑里才泛出那种奇怪的念头?

"我呀,最近脑袋非常糊涂,看见向日葵就想起头颅。人的脑袋能不能也像葵花那样清晰呢?刚才在电车上也想,能不能光把脑袋拿去清洗或修理呢?说要砍下脑袋未免骇人,那么能否让脑袋权且离开躯体,像要洗的衣物一样把它送到大学医院,说声'拜托'就寄放在那里呢?在医院清洗脑子、修理毛病。这段时间,三天也好,一个礼拜也好,躯体总可以睡个安稳觉,无须翻身,也不必做梦。"

菊子垂下上眼睑说：

"爸爸，您累了吧？"

"是啊。今天在公司会客，一支烟刚抽了一口就放在了烟灰缸里。接着新点燃一支，又放在了烟灰缸里。当我意识到时，三支一般长的香烟并排在冒烟。我可真是丢人现眼了啊。"

在电车里幻想清洗脑袋是事实。不过，信吾幻想的与其说是被清洗的脑袋，莫如说是有幸酣睡的躯体。躯体卸去了脑袋，才能无忧无虑、舒舒服服地酣睡。信吾的确是累了。

今日黎明时分，他做了两次梦，两次都梦见了死人。

"您没有暑假吗？"菊子问。

"我想请假到上高地。因为取下的脑袋无处寄存，所以就想去看山。"

"要是能去，就太好啦。"菊子带点儿轻佻的口吻。

"哦，不过房子来了。房子好像也是来休息的。不知道房子怎么想，我在家好呢，还是不在家好呢？菊子你说呢？"

"啊，您真是个好爸爸，羡慕姐姐啊。"

菊子的语调有点儿变样。

信吾是想吓唬一下菊子，还是为了分散她的注意力？他像是要把菊子的注意力引到自己身上，以便掩饰儿子没有一起回家的困窘。他其实并无那种打算，却多少令人产生了一点儿错觉。

"喂，你在挖苦我吗？"

信吾淡漠地漏出一句，菊子吓了一跳。

"房子变成了那副模样，我还是什么好爸爸啊?!"

菊子局促，脸上飞起红晕，一直红到耳朵根。

"那又不是爸爸您造成的。"

信吾从菊子的语调中感受到某种慰藉。

◆ ◆ ◆ ◆

夏天，信吾也讨厌冷饮。最初是保子不让喝，后来不觉间养成了习惯。

无论早上起来，还是外出归来，他都照例先喝上一碗热乎的粗茶。菊子在这一点上做得十分周到。

他们看了葵花回到家，菊子照旧先给信吾沏来一碗粗茶。信吾呷了一半，换上一件单衣，端着茶碗朝檐廊走去，边走边又呷了一口。

菊子手持凉手巾和香烟跟上来，又往茶碗里加了热茶。站了片刻，她又拿来晚报和老花镜。

信吾用手巾擦了把脸，戴老花镜也嫌麻烦。他望着庭院。

庭院里草坪已荒芜。院落尽头的墙角，胡枝子和狗尾草像野生的一样。

离胡枝子不远处有蝴蝶飞舞。透过胡枝子的绿叶，隐约可见好几只蝴蝶在翩然起舞。信吾期盼着蝴蝶飞落到胡枝子上或飞经胡枝子一旁,可它偏偏只在胡枝子的背面飞舞。

信吾望着,感觉胡枝子那边仿佛有另一个小小的世界,在胡枝子的绿叶间忽闪忽闪的蝴蝶翅膀美轮美奂。

信吾忽然想起,在一个将近满月的夜晚,透过后面小山树林望见的星星。

保子出来坐在了檐廊上,摇着团扇。

"今天修一也要迟归吗?"

"嗯。"

信吾把脸转向了庭院。

"那边胡枝子的背面有蝴蝶飞舞吧?看见了吗?"

"哎。看见了呀。"

蝴蝶像是不愿被保子看见,忽闪忽闪飞到了胡枝子上方,有三只呢。

"竟有三只呢。凤蝶啊。"信吾说。

从种类上说,这是色调黯淡的小凤蝶。

凤蝶呈斜线飞过板墙,飞到邻家的松树前。三只凤蝶整齐地排成一列纵队,不乱队形、间隔有致,穿越松树中间,转眼飞上了树梢。那松树向高处伸展,并未像庭院树那样经过修整。

须臾间,一只凤蝶从意料不到的地方低低地横飞过庭院,掠过胡枝子上方飞走了。

"今早睡醒前,做了两次关于死人的梦啊。"信吾对保子说,"巽屋的老叔请我吃荞麦面呢。"

"吃荞麦面了吗?"

"哦?怎么?不能吃吗?"信吾猜想有什么说法——梦中吃了死人的东西,活人也会死,"记不清了,上来的是笼屉荞麦面,我觉得好像没吃呢。"

他似乎没吃,梦就醒了。

梦中荞麦面的颜色,信吾竟记得一清二楚,还有盛面的铺了竹箅子的方屉,外面黑漆,内面红漆……

信吾分不清那是梦中的颜色,还是醒来之后出现的颜色。总之,只有那笼屉荞麦面,他还记得十分清楚,其他一切皆已模糊。

一屉荞麦面置于榻榻米铺席上,信吾好像是站在那跟前。巽屋的老叔和家人席地而坐,皆无坐垫。奇怪的是信吾一直站立,他记得是站在那里。他朦朦胧胧记住的只有这一点。

他从梦中惊醒时,竟从头至尾记住了这个梦,而后又睡了一个回笼觉。今早醒来,那个梦竟更加清晰。可是到了傍晚,他几乎忘了个干净,只有那笼屉荞麦面的场景还隐约浮现,前后过程统统消失了。

巽屋的老叔是个木工名匠,三四年前年过七旬后过世。信吾喜欢古风的匠人气质,曾委托老叔做过活儿,但彼此的关系并不亲密,哪里会过世三年后梦里再见……

梦中出现的荞麦面场景,好像是在老叔工作间后面的客厅。信吾站在工作间同客厅里的老人对话,好像并未走进客厅。不知为何竟做荞麦面的梦？

巽屋老叔的六个孩子全是女儿。

信吾还在梦中接触过一个姑娘。可时值黄昏，她是不是六个女儿里的其中一个，信吾已想不起来。

信吾只记得必定是接触过的。至于究竟是谁，他却完全想不起来了，也无一缕线索。

梦初醒时，他是一清二楚的。睡过一宿的今晨，恍惚还能记得。可到了傍晚的此时此刻，已完全没有了记忆。

信吾心想接触女孩是在有巽屋老叔的梦中，所以料定那姑娘是老叔的一个女儿，可却毫无实感。不说别的，信吾已完全不记得巽屋姑娘们的面容。

梦中的接触千真万确，但信吾记不清楚是在荞麦面出现之前还是之后。现在记得的只是梦醒时历历在目的笼屉荞麦面。若是姑娘的出现惊破了美梦，倒是符合梦醒的惯例。

可话说回来，他梦醒时并没有受到任何刺激。

信吾已完全记不得梦里的前因后果，对象可谓姿影全无。眼下只能记得一种舒缓的感觉，懵懵懂懂，也没有身体契合的触感。

现实中，信吾也没有此般接触女性的经验。虽然不知对象是谁，但反正是个姑娘，这完全是脱离现实的感触。

信吾已六十二岁，还做这种猥亵的梦并不多见。兴许算不上什么猥亵，只是太过无聊，以致醒来也是一头雾水。

然而梦醒后他很快又入睡了，随即做了另一个梦。

彪形大汉相田拎了一升酒来到信吾家，看样子他已喝了不少，毛孔扩张，满脸通红，一副醺醺醉态。

信吾只记得梦里的这些，连家是现在的家还是过去的家也分不清楚。

十年前，相田是信吾公司的董事，近年来瘦得没了人样。去年岁暮，因脑出血死了。

"后来还做了一个梦，相田拎着一升酒来了咱家。"信吾对保子说。

"相田先生吗？相田先生不是不喝酒的吗？真是奇怪啊。"

"是啊。相田有哮喘，因脑出血倒下时，一口痰堵住喉咙就死了。他是不喝酒的呀，总是拎着个药罐子走来走去……"

信吾梦中的相田俨然一副大步流星的酒豪模样。现在，这般形象清晰地浮现在信吾的脑海里。

"那么，你跟相田先生把酒痛饮了？"

"没喝呀。他朝我坐的地方走来，没等他坐下我就醒了。"

"真讨厌啊！怎么梦见了两个死人?!"

"来接我的吧。"信吾说。

兴许到了这把年纪，许多亲近的人都死了，梦里出现故人也是自然的。

然而，巽屋老叔和相田都不是以故人的形态出现，而是作为活人出现在了信吾的梦中。

今晨梦中的巽屋老叔和相田的面容和身影，信吾历历在目，比平日的记忆清晰得多。现实中哪有相田醉酒的红脸，这是实际上并不存在的物象,而在信吾的记忆中却连相田毛孔张开都十分清晰。

信吾竟异常清晰地留存了巽屋老叔和相田的形象记忆,而同样在梦中接触的姑娘的姿影,却忘得无影无踪。这是为什么呢?

信吾怀疑,忘得这样彻底莫非是因为内疚?其实不然。他接着睡,不想梦醒乃因拒绝道德式反省。他只记得感觉上的失望。

为何会有这种感觉上的失望呢?信吾并没有感觉奇怪。

信吾对保子也没有言及此感。

厨房里传来菊子、房子准备晚餐的声响,那声音有点儿扰人。

❖ ❖ ❖ ❖

每晚,蝉都会从樱树上飞入家里。

入得庭院,信吾顺便走到了樱树下。

蝉漫无目的地飞去,响起了一阵蝉翅之声。飞蝉的数量之多令信吾吃惊,蝉翅之声也令他惊奇。他感觉那很像雀群飞上蓝天的振翅声。

信吾抬头仰望大樱树,不时仍见飞蝉在腾空飞起。

满天云彩向东飘移。虽然天气预报说二百十日①以前平安无事,但信吾仍担心当晚会降温且风雨交加。

菊子来了。

"爸爸,怎么了?蝉鸣吵您,又想起了什么?"

"真是吵人啊,就像出了什么事故。都说水鸟的振翅声骇人,这飞蝉的振翅声才让我吃惊哩。"

菊子的手指头捏着穿了红线的针。

"要命的蝉鸣声比振翅更加吵人啊。"

"蝉鸣我倒不介意。"

信吾环顾菊子的居室,她在用保子早年的红色长衫给孩子做衣服。

"里子还是把蝉当玩具吗?"信吾问。

菊子点点头,嘴唇微微翕动,仿佛"嗯"了一声。

家住东京的里子看见飞蝉就觉得稀罕。或因天性,里子起初害怕秋蝉,房子就用剪刀剪去了蝉翅。此后里子只要捉到秋蝉,就对保子、菊子说,给我剪掉它的翅膀。

保子非常讨厌这种事。

她说房子小时候可不是那样的姑娘,还埋怨是她的丈夫令她变坏的。

保子看到红蚁群拖着无翅的秋蝉,气得脸色铁青。

平日里保子对这种事无动于衷,所以信吾感觉奇怪、吃惊。

保子之所以埋怨,想必是因为某种不祥的预感。信吾知

---

①二百十日:(从立春起)第二百一十天。

道问题不在蝉上。

里子是个执拗的孩子，寡言少语。大人只能让着她，剪掉了秋蝉的翅膀。可她照旧叽叽歪歪，带着忧郁的眼神将剪了翅膀的秋蝉扔到了庭院里，表面上却装作将秋蝉悄悄地藏了起来。她知道大人在注视着她。

房子几乎天天跟保子发牢骚，却不说什么时候返回，也许还有什么重要的事要说……

保子钻进被窝，便把女儿当日的怨艾转达给信吾。信吾倒是不在意，虽一个耳朵进一个耳朵出，却也感觉到房子言犹未尽。

父母自然应与女儿沟通，可年近三十的女儿早已出嫁，做父母的理解女儿谈何容易。接受拖着两个孩子的女儿并不容易，只好顺其自然，一天天拖延。

"爸爸对菊子真好啊！"房子不时说。

吃晚饭时，修一和菊子都在家。

"是啊。就说我吧，也希望善待菊子啊。"保子答话。

房子那样说，其实并不需要回答，保子却接了话。尽管是面带笑容，听着却像是在压制房子……

"菊子对我们非常尽心的啊。"

淳朴的菊子涨红了脸。

保子也是坦诚相待，不过她的说法仿佛在讥讽自己的女儿。

听起来，她是喜欢貌似幸福的儿媳，而讨厌处于不幸状态中的女儿，甚至让人怀疑她残酷得不怀好意。

信吾明白这是保子的自我嫌恶，他自己也怀揣着类似的情绪。然而他感觉有点儿意外的是，作为女人的保子、上了年纪的母亲，为何会对可怜的女儿暴发出那般恶意。

"我有异议。她偏偏对丈夫不好……"修一说，不像是说笑。

信吾善待菊子，不仅修一和保子，而且菊子本人也心知肚明，只是没人提起。这会儿被房子说破，信吾顿觉掉入了寂寞的深渊。

菊子对信吾而言，是沉郁家庭里的一扇窗户。至亲骨肉让信吾感觉缺憾，他们在这个世界上生活得不尽如人意，他们的抑郁情绪叠加在了信吾心中。相反，看到年轻的儿媳，他却有如释重负之感。

虽说是善待菊子，但那或许是信吾在暗郁孤独中看到的一点儿光亮。对自己松绑之后，他也隐约感受到一丝善待菊子的回馈或甜蜜。

菊子不会揣测信吾这般老年人的心理，也没有防备信吾。

信吾感觉房子的话悄悄捅开了自己内心的秘密。

那是三四天前吃晚饭时发生的事情。

信吾在樱树下跟里子的蝉在一起，想起房子那时说的话。

"房子在睡午觉吗？"

"嗯，在哄国子睡觉。"菊子盯视着信吾的脸。

"里子真好玩。房子哄小的睡觉，她也跟去，偎在母亲的背后就睡着了，真是个乖孩子啊。"

"很可爱呀。"

"老太婆不喜欢这个外孙女，等她长到十四五岁，说不定也跟你这个婆婆一样打鼾哩。"

菊子吓了一跳。

回到刚才制衣的居室，信吾刚要返回另一房间，菊子叫住了他。

"爸爸，听说您去跳舞了？"

"啊？"信吾回过头来，"你也知道了吗？真让我吃惊。"

前天晚上，公司的女事务员同信吾一起去了舞厅。

今天是周日，肯定是昨天谷崎英子告诉了修一，修一又告诉了菊子。

信吾这些年从未去过舞厅。英子受邀时吃惊不小。她说同信吾去舞厅，被公司的人知道就麻烦了。信吾却说，不要说嘛。可是……看样子第二天，她就急不可耐地告诉了修一。

修一早就从英子那里听说了，可昨天和今天却在信吾面前佯装不知。不过看样子，他一回来就告诉了妻子。

修一经常同英子去跳舞，信吾也想试试。他心里想，说不定修一的情人就在那家舞厅里呢。

到了舞厅，他却觉得在那里找不到那种女人，也懒得跟英子打听。

英子显得很兴奋，同信吾一起来舞厅令她出乎意料。她有点儿忘乎所以。在信吾眼中,她很危险,也很可怜。

英子芳龄二十二,乳房仅有巴掌般大小。奇怪的是,信吾竟想起了春信①的春画。

目之所及皆杂乱,他竟然联想到了春信,的确滑稽可笑,颇具喜剧性。

"下回跟你一起去吧。"信吾说。

"真的吗?带我去啊……"

菊子叫住信吾的时候,便已面如桃花。

她仿佛也已察觉,信吾去舞厅是因为修一的情妇可能在那里。

菊子知道自己跳舞无关紧要,可菊子点出自己是另有盘算——觉得修一的情妇会在那里,这就让他有点儿不知所措了。

信吾绕到门厅,站到了修一面前。

"喂,你听谷崎说了?"

"咱家的新闻啊。"

"什么新闻?!你带人家跳舞,怎么不给人家买身夏装啊?"

"哦,爸爸您觉得丢脸了吗?"

"罩衫和裙子全然不相配。"

"她有的是衣服。您突然带她去,自然不相配。倘事前约好,她穿得就会十分得体。"

---

① 春信:铃木春信(1725—1770),江户时代中期浮世绘画师,擅长画梦幻中的美人。

修一说罢,就把脸扭向了一边。

信吾贴边经过房子和两个孩子睡觉的地方,走进客厅,看了一眼挂钟。

"五点啦!"

他确认般地嘟囔道。

云　焰

报纸上报道了二百十日可望平安度过,可就在此前夕,台风突至。

当然信吾看到过报道,他记不得是几天以前了,也许算不上天气预报。台风临近前,也有预报或警报。

"今天早点儿回家吧。"信吾跟修一说。

女事务员英子帮信吾做好了回家的准备,自己也手忙脚乱地准备着。她穿上一件白色的透明雨衣,胸部照旧扁平。

带英子跳舞,发现她的平胸瘪乳,这反而引起了信吾更大的兴趣。

英子在身后小跑着从楼梯上下来,在公司门口赶上了信吾一行。大雨倾盆,她也顾不得修脸上的妆。

"你回哪儿啊?"

信吾欲言又止。他问过不下二十次了,可还是记不住。

在镰仓站下车的人站在屋檐下,眼巴巴地望着风雨交加。

两人来到门前种向日葵的人家附近,从风雨声中听得《巴黎节》①的主题曲。

"她真是悠然自在啊!"修一说。

两人都知道,菊子在听丽兹·高蒂的唱片。

曲终,又从头播放。

歌声中夹杂着关闭雨窗的声音。

两人还听见菊子一边关雨窗,一边跟唱的歌声。

暴风雨和歌声使菊子没有留意到他俩已从大门走入了门厅。

"哎呀,要命!鞋子进水了。"

修一说着在门厅处脱了鞋。

信吾则全身湿漉漉地走进了屋里。

"哟!回来了。"

菊子走近前来,一脸愉快的表情。

修一把手中拎着的湿袜子递给了菊子。

"哎哟!爸爸也淋湿了吧?"菊子说。

唱片曲终,菊子又把唱针放回去重新播放,并抱起两人湿透的西服起身。

修一一边系腰带,一边说:

"菊子,你真悠闲啊。这么大声吵到邻居啦。"

"我害怕呀,所以听唱片……你们爷俩让我担心,让我坐

---

①《巴黎节》:1933年名为"*Quatorze Juillet*(七月十四日)"的法国电影。

立不安。"

不过，这暴风雨似乎令菊子兴高采烈。

她走到厨房给信吾沏粗茶时，仍在小声地吟唱。

修一喜欢这个巴黎民歌集，才给菊子买了回来。

修一懂法语，菊子不懂。修一教她发音，她再听着唱片反复跟唱，唱得反倒不错。据说演唱《巴黎节》主题曲的丽兹·高蒂是在苦难的境遇中挣扎求生的，菊子唱不出那般韵味，但她那时隐时现的跟唱同样令人愉悦。

菊子出嫁那会儿，女校的同学赠她一套世界摇篮曲唱片。新婚期间，菊子经常播放摇篮曲。没人的时候，她就悄悄地跟唱。

那歌声引发了信吾的爱怜之心。

信吾感动了，那真正是女人的祝福。他觉得菊子听着摇篮曲，仿佛沉湎在少女时代的追忆中。

他曾对菊子说过：

"在我的葬礼上，能播放这些摇篮曲吗？这些就够了，不需要念经和悼词。"

那是信吾随意说出的一句话，一时间却催人泪下。

菊子还未生育，但好像已经听腻了摇篮曲，近来不听了。

《巴黎节》的主题曲接近曲尾，突然变得微弱，消失了。

"停电了啊！"保子在客厅里说。

"停电了啊。今天不会再来电啦。"菊子把唱片机关掉说，"妈妈，早点开饭吧。"

晚饭时，穿堂风把微弱的烛火吹灭了三四次。

暴风骤雨声中远方又传来海啸般的轰鸣声，海啸声比风雨声更加令人恐惧。

◆◆◆◆

吹灭了枕边的蜡烛，一股异味儿残存在信吾的鼻子里。

房屋微微地摇晃，保子在铺上摸寻火柴。她抓到火柴盒晃了晃发出声响，像是要确认，又像是要给信吾听见。

而后，她摸寻到信吾的手，并不握住，只轻轻地触碰了一下。

"不要紧吧？"

"要紧什么？就是刮跑点儿东西也不能出去。"

"房子家没事吧？"

"房子家吗？"信吾忘了惦记，"哦，大概不要紧吧。暴风雨之夜，夫妇俩还不早早亲热去……"

"睡得着吗？"

保子岔开信吾的话头，却不再言语。

耳闻修一和菊子的私语声，菊子在撒娇。

过了一会儿，保子接着说：

"家里有两个孩子啊。跟这边不同……"

"而且她婆婆的腿脚不便,神经痛不知治好了没有……"

"是啊,是啊,真要疏散,相原就得背上他母亲喽……"

"站不起来了吗?"

"听说能活动。不过,这样的暴风雨……那里,忧郁啊。"

信吾觉得滑稽,六十三岁的保子竟说什么"忧郁啊"。

"哪儿不忧郁啊?!"

"报纸上说,女人一生会梳各式各样的发型,说得好啊。"

"那是什么意思啊?"

保子说,那是一篇文章的开场白,作者是位美人画男性画家,是为悼念新近过世的美人画女性画家而写的。

可文章的正文跟开篇恰恰相反,女画家根本没梳过多种式样的发型。从二十岁起,直到七十五岁去世,大约五十年间她一直梳栉卷①发型。

保子钦佩一辈子只梳栉卷发型的人,但她并不表露,她深有感触的只是那句话——女人一生会梳各式各样的发型。

保子有个习惯,隔几日便将读过的报纸收集起来再重新阅读,所以信吾不晓得她说的是哪一天的消息。她还爱听晚间九点的新闻,常常语出惊人,令人意外。

"你是说,房子今后也会梳各式各样的发型?"信吾问。

"是啊,女人嘛。不过,哪还有我们从前那种富于变化的日本发型?若房子的长相像菊子一般靓美,不时变换发型倒是一桩乐事。"

---

①栉卷:日本发型,头发缠在头顶的梳子上。

"你呀，房子刚来时太过分了。我想房子是因为绝望才回娘家的……"

"那还不是受你的情绪影响……你对菊子太偏心了。"

"胡说八道。你是找借口呢……"

"别抵赖。你一直讨厌房子，喜欢修一，太偏心。你就是那样的人。事到如今，修一在外面有了情妇，你却什么都不说，反而莫名其妙地照拂菊子，真是毫无体恤之心。那孩子怕让你难堪，都不敢忌妒，还不忧郁啊……"

信吾愕然。

面对有点儿亢奋、滔滔不绝的保子，信吾插言道：

"你说有台风？"

"有台风啊。房子也这个年龄了，这个年代，还让父母去提离婚，也太过卑怯了吧。"

"未必吧。真到了离婚的地步？"

"不说别的，你看你那副脸，一脸的忧郁，仿佛带来外孙女的房子是个沉重的累赘……"

"你才是那副表情呢，毫不遮掩。"

"那是因为家里有你疼爱的菊子呀。话说回来，说真的，我是有点儿讨厌菊子，但菊子说话办事，有时倒让人放心，房子却让人放心不下、压力很大……出嫁之前还不是这样。对自己的女儿和外孙女，做父母的怎么会有这种感觉呢？真是可怕。受了你的影响吧。"

"你比房子更卑怯啊。"

"那是说笑。我说受了你的影响,说话间不禁吐了一下舌头。在暗处,谅你没有看见……"

"你这老太婆真能说。无语。"

"房子真可怜。你也觉得她可怜吧?"

"你可以接她回来嘛。"信吾突然想起了什么,"前些日子,房子带来一个包袱吧?"

"包袱?"

"嗯,包袱。我认得那包袱皮……干啥用的呢?咱家的吧?"

"棉布的大包袱皮吧?那不是房子出嫁的时候,给她包梳妆台镜子的吗?镜子很大啊。"

"哦,原来如此。"

"看见那包袱皮,我就心烦,拎那么个玩意儿干啥?可以装在新婚旅行衣箱里带来啊……"

"衣箱太重啊,还带着俩孩子。你不是看见了吗?

"可是,家里有菊子在啊。记得那块包袱皮还是我出嫁的时候包东西带来的呢。"

"哦,真是的。"

"还要更早呢。那是姐姐的遗物。姐姐死后,她婆家用它裹着一个大花盆送回娘家来。花盆里栽的是枫树。"

"是吗?"

信吾平静地应道,脑海里一片明亮,尽是盆栽枫树的艳丽色彩。

保子的父亲住在乡镇,喜欢盆栽,尤其喜欢枫树盆栽。

保子的姐姐经常帮父亲侍弄盆栽。

狂风暴雨，躺在被窝里的信吾，脑海中浮现出站在盆栽架间故人的身影。

女儿出嫁时，父亲给了一个盆栽，或许也是女儿想要的。女儿一死，婆家就送了回来。一来那是娘家生父珍爱的东西，二来婆家也没人会侍弄，或许还是信吾的岳父索要回来的呢。

此刻信吾满脑子都是艳丽的红叶，就是保子家佛堂里的那个盆栽。

信吾心想：保子的姐姐去世时正好是秋天啊，信浓地区秋时早……

儿媳一死就要退回盆栽吗？信吾不敢确信。枫叶正红，放在佛堂里，莫非是机缘巧合？这仿佛引发了信吾思乡病式的追忆和空想。

信吾早把保子姐姐的忌辰忘得一干二净，也不想去问保子。

"我没帮父亲侍弄过盆栽，或由自己的性格决定的。不过，我总有一种感觉，父亲偏爱姐姐。我并非输给了姐姐就妒忌她，我只是觉得自己没有姐姐能干，有点儿自愧、羞耻罢了。"

保子说过这样的话。

触及信吾偏爱修一，保子就会那样说。

"我有点儿像房子啊。"保子有时也这样说。

信吾有点儿惊讶，那块包袱皮竟能勾起关于保子姐姐的回忆。但是说到保子的姐姐，信吾就沉默不语了。

"睡吧。上了年纪的人难以入眠呀。"保子说。

"这场暴风雨让菊子很开心呢,欢声笑语的……她不停地放唱片,我就觉得那孩子可怜。"

"呃,你刚才的说法有矛盾哪。"

"你这人真是矫情啊……"

"这话该我说。好不容易睡个早觉,竟被你搅和了。"

盆栽枫树尚留存在信吾的脑海里。

信吾的脑海里充溢着艳丽的红叶。少年时他曾恋慕保子的姐姐。他心里想:莫非在同保子结婚三十多年后的今天,那仍是一个不愈的旧疤吗?

比保子晚一个钟头入眠的信吾被一声巨响惊醒。

"什么声音?"

走廊那边传来菊子摸黑走近的脚步声。

"您醒了吗?他们说,神社御舆小屋的白铁皮屋顶被暴风刮到了咱家的屋顶上……"

❖ ❖ ❖ ❖

御舆小屋的白铁皮屋顶全部被刮飞了。

信吾家的屋顶上、庭院里,落下了七八块白铁皮。神社管理人一大清早就过来捡拾铁皮。

第二天,横须贺线也通车了,信吾便去公司上班。

"怎么样啊？没睡好吧？"信吾对沏茶的事务员说。

"嗯。睡不着啊。"

英子扯到台风过后的一些事，那是她透过通勤电车的窗户看到的。

信吾抽了两支香烟。

"今天不能去跳舞了吧？"英子抬起头来，莞尔一笑。

"上回跳舞，第二天早晨腰酸腿痛哩。上了年纪，没用啦。"信吾说。

英子从下眼睑至鼻翼，露出调皮的笑容说：

"那是因为您腆胸的缘故吧？"

"腆胸？可也是。可能是弯着腰吧。"

"您担心触碰我，保持距离腆着胸啊……"

"哦？那可真是出乎意料，怎么会那样呢？"

"可是……"

"或是想姿势优美些？我自己真没意识到……"

"是吗？"

"你们爱跳贴身舞，不雅啊。"

"哟，瞧您说的……"

信吾觉得，那次英子跳疯了，有点儿失态。她倒不以为意，或许是自己拘谨顽固。

"那下次我朝前靠，贴着你跳，还去吗？"

英子低下头来嗤嗤地笑。

"奉陪啊。今天可不行，这装束太失礼。"

"不是说今天啊。"

信吾看见英子穿着白衬衫,扎着白缎发带。

白衬衫并不稀奇,也许是白色缎带的缘故,白衬衫显得格外洁白。用一根略宽的缎带把头发系成一束拢在脑后,俨然一副台风时节的装扮。

往常掩在秀发下的耳朵和耳后的肌肤显露了出来,苍白的肌肤上长满美妙的绒毛。

她穿着一条旧裙子,是深蓝色的针织薄裙。

这是一身乳房小却也不必担心的装束。

"修一没再邀请你吗?"

"嗯。"

"对不起啊。跟老爹跳,年轻的儿子对你就敬而远之了。好可怜哪。"

"哟,说什么呢?我会去邀请他呀。"

"你是说用不着担心,是吗?"

"您嘲弄我,我就不跟您跳舞了。"

"不是嘲弄。不过修一在你的监视下,有点儿可怜哪。"

英子似有反应。

"你见过修一的那个女人吧?"

英子有点儿不知所措。

"舞女吗?"

英子没有回答。

"年纪不小吧?"

"不小，比您儿媳要大。"

"是个美人？"

"嗯，不丑。"英子吞吞吐吐地说，"不过，嗓门嘶哑得厉害，与其说是嘶哑，莫如说是破锣嗓子，像双重音质。那声音十分性感哩。"

"嗯？"

英子还要接着细说，信吾恨不能捂住耳朵。

信吾感到蒙受了耻辱，修一的女人和英子的本性令他心生厌恶。

女人嘶哑的声音性感，这话竟说得出口，信吾惊呆了。修一到底是修一，英子也毕竟是英子啊！

英子看信吾的脸色不对，便不再言语。

这天，修一和信吾一起早早回家锁了门，一家四口去看电影《劝进帐》①。

修一脱下衬衫换内衣时，信吾看到他的乳头和腋窝处有些发红，心想，一定是台风夜被菊子整出来的。

演过《劝进帐》的幸四郎②、羽左卫门③和菊五郎④三个名

---

①《劝进帐》：日本歌舞伎保留剧目之一，亦有电影上映。
②幸四郎：松本幸四郎（1870—1949），歌舞伎演员，原名藤间勘右卫门，扮演《劝进帐》中的弁庆。
③羽左卫门：市村羽左卫门（1874—1945），歌舞伎演员，扮演《劝进帐》中的富樫。
④菊五郎：尾上菊五郎（1885—1949），歌舞伎演员，扮演《劝进帐》中的义经。

角皆已过世。

信吾的感受和修一、菊子是不同的。

"幸四郎扮演的弁庆,我们看了几次啊?"保子问信吾。

"忘了。"

"你是看过就忘。"

街上洒满月光,信吾仰望着夜空。

信吾突然觉得月亮在火焰中。

环绕月亮的云彩珍奇百态,使人联想到绘画中的火焰——不动明王背后的火焰或狐精皮毛般的火焰。

然而灰白的云焰冷峻,月亮也灰白冰冷。信吾蓦地感受到了秋意。

月亮微微偏东,将近月圆。月亮藏在火焰云中,云彩的边缘呈雾状朦胧。

隐没月亮的是火焰般的白云,近处无云。暴风雨过后,天空的色调整夜黑魆魆的。

街上的店铺已打烊,一夜寂冷。电影散场后人群归去,彼方静寂人稀。

"昨晚没睡好,今晚早点睡吧。"

信吾说着不禁生出几分寂寥,眷恋起人体的肌肤来。

他觉得,总算到了决定人生的时刻,必须做出决定了。

栗　子

"公孙树又抽芽了啊。"

"菊子你才发现吗?"信吾说,"我前几天就看见了。"

"爸爸您坐的地方,总是面对着公孙树啊……"

坐在信吾斜对面的菊子,回头望向身后的公孙树。

在餐厅用餐时,一家四口的座位无形中已经确定。

信吾向东落座,左邻的保子向南落座。信吾的右边是修一,向北落座。菊子坐在信吾的对面,朝西。

南面和东面有院子。可以说,老夫妻占了好位置。用餐的时候,两位女性的位置也便于上菜和侍候。

不用餐而围坐在餐厅的矮脚桌旁时,四人也自然而然、习惯性地坐在固定的位子上。

菊子总是背对着公孙树。

不知不觉间,那样一棵大树竟不合季节地抽出了嫩芽。信吾担心,菊子的内心说不定会留下空白……

"打开雨窗或清扫廊道时,你肯定看见了呀。"信吾说。

"可也是,不过……"

"就是呀。从外面回来,不就朝着公孙树走吗?不喜欢也得看啊。菊子,莫非你总是低着头懵懵懂懂、心有所骛地走路?"

"哎哟,这叫我怎么说啊……"菊子耸了耸肩,"今后爸爸您看什么,我都注意看就是了。"

信吾听了,略显哀戚。

"那倒不必。"

目之所及,无论什么都希望对方看到,信吾一生哪有过此般恋情。

菊子久久望着那棵公孙树。

"山上的树,有的也在抽芽呢。"

"是啊。还有那棵树……暴风雨把树叶都刮跑了。"

信吾家的后山被神社隔断,小山的一端就在神社院内,那棵公孙树就耸立在神社院内。从信吾家的客厅里望去,那树倒像是山上的树。

一夜之间,台风将这棵公孙树刮成了一棵秃树。

被暴风刮去树叶的只有公孙树和樱花树。信吾家附近的公孙树和樱花树都是大树,树干不怕风,树叶却柔弱得经不住狂风暴雨。

樱花树原先还残留着枯枝败叶,现在则光秃秃的,成了秃树。

后山的竹叶也已枯萎，兴许是近海，受到潮汐、风蚀的缘故。有些竹子被风刮断，飞落在院落里。

大株的公孙树又抽出了新芽。

信吾每每从大街拐入小巷，朝向那棵公孙树回家，所以每日一瞧。在家里的客厅里也能望见。

"公孙树到底比樱花树强悍啊。我想那是长寿树……"信吾说。

"那样一棵老树，过了秋天再一次长出嫩叶，真是难为它了啊。"

"可是，老树长嫩叶不会感觉凄寂吗？"

"是啊。老树的嫩叶到了春天，真能长成大叶吗？它的生长多么艰难啊。"

老树的嫩叶小而稀疏，很难掩住枝丫，而且叶薄色淡，呈浅黄色。

不免有感，秋日晨曦洒落的公孙树仍旧是一棵秃树。

神社后山多为常绿树，常绿树的树叶经得住风雨，完好无损。

有些常绿树已在繁茂的树顶长出了微微泛绿的嫩叶。

菊子发现了那些嫩叶。

保子像是从厨房那边走进来。听得见水管里的水声，水声很大，信吾听不清她在叨叨什么。

"你说什么？"信吾大声问。

"妈妈说胡枝子开得很美啊。"菊子插言道。

"是吗?"

"妈妈说芒草也开花了呢。"菊子又转达道。

"是吗?"

保子还在叨叨着。

"别说了,我听不见。"信吾生气地吼了一句。

菊子低下头,忍不住想笑。

"我来给二老当翻译吧。"

"翻译?这种老太婆的自言自语……"

"妈妈说昨晚做了个梦,乡下的祖屋已破败不堪。"

"嗯。"

"爸爸您如何回应?"

"除了一个'嗯'字还能如何回应?"

自来水管的水声停止了。保子在呼喊菊子。

"菊子,把这些花插起来。多漂亮!我忍不住摘了回来,交给你了啊……"

"嗯。先让爸爸看看。"

菊子抱着胡枝子和芒草走过来。

保子洗了洗手,提着那只湿漉漉的信乐陶壶走了进来。

"邻家的雁来红色泽也很美啊。"保子说着坐下来。

"种向日葵的那家也种雁来红哩。"

信吾说着想起了那株被暴风雨打得七零八落的茁壮的向日葵。

被狂风刮断,倒伏在路旁的向日葵,连花带茎五六尺长。

葵花落地已有数日，活像一颗被砍落的人头。

最先枯萎的是花盘周围的花瓣，茎干也已失水变色，沾满了泥土。

信吾上下班，来去都从落花上跨过，却不想看它一眼。

葵花花冠掉落后，没有叶子的葵花茎下半身依然矗立在门口。

旁边的五六株雁来红鲜艳夺目。

"附近的人家都没种邻家的那种雁来红呀！"保子说。

◆ ◆ ◆ ◆

保子说梦见老家的房屋破败不堪，那是她娘家。

保子的双亲过世后，那些房屋已经若干年无人居住。

想必，父亲是想让保子继承家业才让姐姐出嫁的，而父亲一向疼爱姐姐，这显然是违心之举。父亲也曾说过，他对美貌的姐姐寄予厚望，那么做应该源自对保子的怜悯。

姐姐死后，保子到姐姐的婆家帮工并要做姐夫的填房，所以父亲见状，对保子或已绝望。保子产生这种念头，父母和家庭也是有责任的。父亲也许悔不当初。

保子和信吾结婚，好像也是为了让父亲高兴。

看来，父亲已决心在家业无人继承的情况下聊度残年。

现在的信吾，已超过了当年保子出嫁时她父亲的年龄。

保子的母亲先离世，而父亲辞世后，保子才知晓家里的田地都卖光了，剩下的仅有山林和老屋，也没有称得上古董的遗物。

这些遗产全在保子名下，可后来全委托老家的亲戚代管，亲戚或许是靠砍伐山上的树木来支付税金的。所以长期以来，保子没有为老家的屋舍支付过税金，也没有任何所得。

战争时期来了许多疏散者，也曾有过合适的买主，但信吾体谅保子恋旧的心情，没有出手。

信吾和保子的婚礼就是在这里举行的。与其说其父希望把剩下的一个女儿嫁出去，毋宁说他只是希望在自家举办婚礼。

信吾记得，婚礼酒宴上有一颗栗子掉落下来。

栗子恰巧掉在庭院里一块很大的点景石上，可能是斜面的缘故，栗子被远远地弹飞出去，掉落到溪谷里。栗子落到点景石上而后被弹飞的景象格外美。

信吾差点儿"啊"地喊出声来。他环视了席间宾客。

好像无人意识到掉落下一颗栗子。

翌日清晨，信吾走下溪谷，在水边发现了栗子。

那里有好几颗落栗，未必是婚礼时落下的那颗。可信吾仍捡起栗子，心想着得告诉保子。

他转念一想又觉得太孩子气。再说，保子或其他人闻言，怎么会相信就是婚礼上掉落的那颗栗子呢？

信吾将栗子扔在了河岸边的草丛里。

他并非担心保子不信，而是感觉有愧于保子的姐夫。

倘使昨天的婚礼上姐夫不在，信吾就会言及树上掉落了栗子。

但姐夫出席了婚礼，信吾便有一种受到屈辱似的压迫感。

结婚后，信吾仍眷恋保子的姐姐，因而总感觉对姐夫有愧。姐姐病逝，信吾又与保子结了婚。面对姐夫，他更是于心不安。

保子的地位更是备受屈辱。姐夫对保子的心意佯装不知，不妨说变相地把她当作了体面的用人。

姐夫是亲戚，参加保子的婚礼理所当然。信吾却无颜面对，没敢朝姐夫那边多望一眼。

事实上，在这样的婚宴上，姐夫也是如明星一般的美男子。

信吾仿佛感觉到，姐夫落座的地方光环笼罩。

在保子眼中，姐姐、姐夫是理想中的情侣。信吾和保子结婚，也就注定了姐姐、姐夫的感情是他们可望而不可即的。

信吾还觉得姐夫居高临下，冷漠地俯视自己和保子的婚礼。

连掉落一颗栗子这样的琐碎小事，信吾都无法说出来，这自然会在他们夫妇的心中留下莫名的阴影。

房子出生时，信吾就悄悄地企盼，希望孩子长成像保子姐姐那样的美人。这自然不能对妻子说。孰料房子竟是比其母还要丑陋的姑娘。

按信吾的说法，姐姐的血统不传妹妹。信吾对妻子怀有无法言明的失望。

保子梦见乡村老家后过了三四天，老家的亲戚发来电报，告知房子带着孩子回到了老家。

菊子接到这封电报便交给了保子，保子等待信吾从公司回家。

"做老家的梦，想必是一种预感。"保子说罢，格外平静地望着在读电报的信吾。

"唔，她回老家去了。"

信吾想到，这样便没有寻死的危险。

"可是，她为什么不回这个家呢？"

"她是不是觉得，回到这里相原马上就会知道……"

"那么，相原还能到这儿来闹事吗？"

"那倒不会……"

"看样子他们已经彻底闹崩了，老婆带着孩子离家出走……"

"不过，没准儿像上次一样，房子事先打了招呼要回娘家呢。那么相原也没法觍着脸来咱家吧。"

"总之，不是个好兆头啊！"

"她怎么想到回老家了呢？真是莫名其妙！"

"来这里不是更好吗？"

"什么'更好'，你怎么能这样轻描淡写？我们应该担心，房子无家可归多可怜啊。父女俩竟变成这个德行，让我心寒啊。"

信吾紧锁双眉,翘起下巴解领带。

"嘿,你急什么?我的和服呢?"

菊子给他拿来更换的衣服,抱起信吾换下的西装默默地走了。

保子耷拉着脑袋。菊子关上隔扇离去后,保子望着隔扇喃喃自语道:

"这个菊子,没准儿也会离家逃走……"

"难道父母要永远对子女的婚姻生活负责吗?"

"你不懂女人的感情……女人的悲伤跟男人不一样。"

"可是,女人也未必懂得所有女人的心理吧……"

"就说今天吧,修一不回家,你为什么不让他跟你一起回来呢?你一个人回来,还让菊子服侍你换西装……"

信吾未应答。

"再说房子的事,你不打算跟修一商量一下吗?"保子说,"让修一回乡下去,得把房子接回来。"

"让修一去接?房子也许不高兴呢。修一看不起房子。"

"事到如今,说这些无聊的有什么用?星期六就让修一去吧。"

"回老家也是丢丑啦。我们也不回去,仿佛同老家断绝了关系。房子也没有一个可依靠的人,竟然去了那里。"

"说不定老家有什么人,可以照顾她……"

"想必住在了那座空房里,未必会去搅扰婶婶家。"

保子的婶婶或许已年过八旬。当家的堂弟跟保子几乎无任何来往。这家到底有几口人,信吾想不起来了。

房子怎么会逃到保子梦中破烂不堪、荒芜的老家去呢?信吾悚然。

◆◆◆◆

周六早晨,修一和信吾一起离开了家,距火车发车还有一段时间,他顺便去公司看了看。

修一来到父亲的办公室,对女事务员英子说:

"这把伞放在这里。"

英子微微歪起脑袋,眯缝着眼睛问:

"出差吗?"

"是的。"

修一放下皮箱,在信吾前面的椅子上坐下。

英子的视线一直追随着修一。

"天凉了,小心着凉。"

"嗯。对了,"修一望了一眼英子,然后对信吾说,"今天约好跟她去跳舞。"

"是吗?"

"让老爸带你去吧。"

英子脸上飞起红潮。

信吾欲言又止。

修一离开办公室时,英子拎起皮箱相送。

"得了,不成体统。"

修一夺过皮箱消失在门外。

剩下英子一人,在门前摆了个不起眼的动作,便无精打采地坐回原处。

信吾无心揣测她是害羞还是忸怩作态。那般轻浮女人的模样儿,反倒使信吾感觉轻松。

"难得的约会,可惜啊。"

"最近他说话总是不着调呢。"

"那我就代他去吧。"

"啊?"

"不方便吗?"

"哎哟!"

英子的目光大为惊讶。

"修一的女人也去舞厅吗?"

"哪里会这样……"

不久前,信吾从英子那里听说了修一的情妇,只说她的声音嘶哑、性感,更多的情况他也无意打听。

连信吾办公室的英子都见过那个女人,修一的家人却不认识。这样的状况或许司空见惯,但信吾不能接受。

尤其看着眼前的英子,他更是难以理解。

英子乍一看是个轻浮的女人,但此时此刻,她宛若一幕沉重的人生帷幔挂在信吾的面前。她在思考什么呢？信吾无法揣测。

"好的，就带你去跳舞，见过那个女人吧？"信吾故作轻松地说。

"见过。"

"经常见吗？"

"那倒不是……"

"修一给你介绍了吗？"

"没介绍……"

"我真不明白，见情人为什么把你带去？让你吃醋吗？"

"我这种人，不会碍事的呀。"说罢，英子缩了缩脖子。

信吾看穿英子喜欢修一，也心生嫉妒。

"你可以妨碍他们一下啊。"

"哎哟！"英子低下头笑笑，"对方也是两个人呢。"

"什么？那个女的也带了个男的？"

"女的，不是男的。"

"噢，那我就放心了。"

"什么呀，"英子望了望信吾，"女伴是跟她住在一起的。"

"住在一起是说两个女人连房子也是租的？"

"不是。房子虽小，但还挺雅致的。"

"什么？你已经去过了？"

"嗯。"英子支吾其词。

信吾又大吃一惊，有点儿着急地问：

"她们住在什么地方?"

英子顿时脸色煞白,嘟囔道:

"让我怎么说呢……"

信吾不语。

"在本乡的大学附近。"

"是吗?"

英子像要摆脱压迫似的接着说:

"在一条小巷里,昏暗,但房子蛮干净的。另一个女伴长得非常漂亮,我很喜欢她。"

"另一个女伴,不是修一的情人对吗?"

"嗯,给人的感觉特别好。"

"哦?那么,两个女人是干什么的呢?都是单身吗?"

"我也不清楚。"

"就是两个女人一起生活啰?"

英子点了点头,用略带撒娇的口吻说:

"我没见过那么优雅的女子,每天都想见她。"

听起来,英子是想通过那个文雅的女人来使自己获得某种宽恕。

这些事统统令信吾感到意外。

他不禁寻思,英子莫非是想通过赞美同居的女伴,来达到间接贬低修一情人的目的?英子的真心实在让人难以捉摸。

英子把目光转向了窗外。

"太阳照进来啦。"

"是啊。留个窗缝儿吧。"

"他把雨伞放在这儿的时候,我还担心来着,没想到他一出差,就遇上这样的好天气,运气好。"

英子以为修一是为公司出差。

她手扶着推上去的玻璃窗伫立片刻,衣服一边的下摆高高提起,神态有点儿迷惘。

她低下头转过身来。

勤杂工手持三四封信走进来。

英子接过信,放在信吾的办公桌上。

"又是遗体告别?真讨厌啊。这回是鸟山?"信吾小声嘟囔道,"今天下午两点,不知那家的太太怎么了……"

英子已习惯信吾的自说自话,只悄悄瞥了信吾一眼。

信吾微张着嘴,看样子有点儿发呆。

"今天参加告别仪式,没法儿去跳舞了。听说他在老婆的更年期受尽虐待呢。他老婆不给他饭吃,真的不给他吃啊。只有早晨嘛,在家凑合吃点儿东西,但并不是给他准备的。给孩子们端上饭菜时,他只能背着老婆偷偷摸摸地吃。他怕老婆,每天傍晚不敢回家,在外闲逛,看电影或在曲艺场里混,待妻儿入睡,夜深人静时才回家。孩子们也站在母亲一边虐待父亲。"

"为什么呢?"

"不为什么,更年期都是这样的啊。更年期很可怕的。"

英子感觉自己受到了嘲弄。

"想必是丈夫做得不够好……"

"他当时可是不得了的大官员啊,后来进了民营公司任职。好歹告别仪式是在寺院里举行,似乎体面得很呢。他当官那会儿也循规蹈矩……"

"全家都靠他养活吧?"

"那是自然。"

"我真是不明白啊。"

"是啊,你们怎么会明白?五六十岁堂堂正正的绅士竟然怕老婆,不敢回家,深更半夜满街游荡。这种人有的是啊。"

信吾想要记起鸟山的容颜却记不起来,因为前后十年没见面了。

鸟山没准儿死在了自家宅里。

❖ ❖ ❖ ❖

信吾燃香后站在寺院门旁,他以为在鸟山的告别仪式上能见到大学的同学,却一个也没有见到。

像信吾这般年龄的来宾也绝无仅有。

莫非是信吾来得晚了……

往里一瞅,正殿入口处的队列开始躁动。

遗属都在正殿里。

不出信吾所料，鸟山的妻子似乎还活着，好像就是在灵柩近前站着的那个瘦削女子。

她染着头发，不过像是染了好久，发根已斑白。

信吾向老妇人俯首施礼，不禁心想：她要照顾长期患病的鸟山，哪里还有时间染发呢？转而到灵柩前燃香，心里又嘀咕：谁知道实情是怎样的呢？

就是说，信吾登上正殿的台阶安慰遗属时，完全忘记了鸟山之妻虐待鸟山的事。可转身向死者鞠躬时，又想起了那般传言。信吾暗自吃惊。

他瞧也没瞧遗属席上的鸟山之妻一眼，就走出了正殿。

他暗自吃惊的是自己奇怪的忘性，倒并非因为鸟山和他的妻子。他怀着别扭的心情，沿着铺石路折返。

信吾慢慢走着，颈后泛起一股忘却与丧失的失落感。

鸟山夫妻的知情者所剩无几。纵令还有少数人活着，也已成了失忆者。剩下的人只好任凭鸟山之妻凭记忆乱讲，不会再有第三者认真忆往昔了。

信吾曾参加六七个同学的聚会，说起鸟山，没人愿意认真去想，大多一笑置之。只有一个男士提起话头，却是一副夸张的说笑腔调。

当时聚会的同学里，有两位早于鸟山过世。

信吾这会儿纳闷，鸟山的妻子为何要虐待鸟山呢？鸟山又为何甘受妻子的虐待？恐怕连鸟山和他妻子本人都说不清楚。

鸟山浑浑噩噩成了墓下鬼。成为寡妇的妻子也唯有面对过去——丈夫鸟山不在人世的过去。鸟山之妻也会浑浑噩噩地追随鸟山而去。

据说在同学聚会上提起鸟山话题的男士家里,收藏有四五副传世的古能剧面具,又说鸟山到他家时看了面具,愣了很长时间定定地看。那位同学说,初见面具时,鸟山并没有表现出太大的兴趣,恐怕只是因回不了家而消磨时间。他妻子入睡以前,他是不能回家的。

信吾心想,一个五十来岁的一家之主,每天晚上流落街头,他难道不会好好想想吗?

遗体告别仪式上鸟山的遗照,或是在做公务员的年代过新年或什么节日的时候拍摄的。他身穿礼服,一张温和的圆脸没有阴影,或许是照相馆修饰过的。

鸟山温和的容貌显得年轻,同灵柩前的妻子很不般配,竟让人觉得是鸟山虐待了妻子才令其衰老的。

鸟山之妻个儿小,信吾由上而下看得见她业已斑白的发根。一边的肩膀有点儿塌落,显得异常憔悴。

其妻身旁,并排站着鸟山的儿女和家人。信吾漠不关心地扫了一眼。

"你家里一切都好吧?"

信吾守在寺院门口,打算遇见旧友时就这么问上一句。倘若对方反问,他就想如此回答:"还好啦。目前还算平安无事。只是有点儿小麻烦,女儿家和儿子家还没稳定下来……"

就算彼此的表白推心置腹，谁也帮不了谁，也没人多管闲事。顶多走着说着，走到电车站就分手。

仅此而已，信吾也求之不得。

"就说鸟山吧，死了，受妻子虐待之类的也就无影无踪了，对吧？"

"鸟山的儿女家庭美满，也算是鸟山夫妇的成功吧。"

"如今这世道，父母对子女的婚姻生活真是责任重大啊。"

本想跟老同学倾诉的话语，不知怎的，竟变成了信吾心头不断涌现的喃喃自语。

寺院大门的房顶上，一群麻雀啁啾。

它们呈弓形飞过屋檐，飞上屋顶，又划着弓形飞走了。

◆◆◆◆

从寺院回到公司，有两个客人在等候。

信吾让人从身后的橱柜里取出威士忌，倒在红茶里，略微增强记忆力。

会客期间，他想起昨天早晨在家里看见的麻雀。

麻雀在后山根的芒草丛中啄芒草穗儿。它们是在啄食芒草的果实呢，还是在捉虫？信吾沉思，倏地发现麻雀群中竟然还有画眉。

麻雀和画眉混在一处，更加引起信吾的兴趣。

六七只小鸟在芒草穗儿间飞来飞去，芒草穗儿大幅摇摆。

三只画眉很沉稳，不像麻雀那样一刻不停地翻飞。

画眉羽翅的光泽和胸前的毛色，证明那是今年的雏鸟。灰色的麻雀却像沾了一身灰尘。

当然，信吾喜欢的是画眉。画眉与麻雀的鸣啭不同，性格也不同，一举一动也同样显现出性格的差异。

信吾久久地凝望着麻雀与画眉，它们是在吵架吗？

麻雀成群地翻飞啁啾，画眉则与同类相依。它们自然而然、各行其是，偶尔混栖一枝，也不像吵架的样子。

信吾感动不已。时值早晨洗脸时分。

或是看见寺院门上的麻雀，才有了如上感怀。

信吾送走客人，关上门，回过头对英子说：

"我说，带我去修一的女人家里吧……"

信吾跟客人谈话的时候就在琢磨这事，英子听了却感到十分意外。

英子十分反感地"哼"了一声，满脸不悦，旋即一脸的沮丧，用生硬冷漠的语调问：

"去那儿干什么啊？"

"不会给你添麻烦的。"

"要去见她吗？"

其实信吾并不想今天就见那个女人。

"等修一回来，一起去不好吗？"英子平静下来说。

信吾却感觉英子在冷笑。

上车以后，英子一直沉默不语。

信吾心情沉重，感觉羞辱了英子，蹂躏了她的情感，同时也羞辱了自己和儿子修一。

信吾也曾考虑，趁修一不在家的日子解决，却又感觉流于空想。

"我想，如果要去谈，最好找她同屋的女伴儿……"英子说。

"就是给你留下好印象的那个女人吗？"

"是啊。我把她请到公司来不好吗？"

"也行啊。"信吾的应答有点儿暧昧。

"那次修一在她们家喝酒，酩酊大醉，发酒疯了呢。还让她唱歌，悦耳的歌声……绢子听着都哭了。所以绢子会听她的意见呢。"

英子的说法巧妙，她说的绢子应该就是修一的情妇。

信吾不知道修一也会撒酒疯。

他们在大学前下车，拐进一条小巷。

"要是让修一知道了，我就没法去公司了。让我辞职吧。"英子小声说。

信吾打了一个寒战。

英子停下了脚步站在那里。

"在那堵石墙边拐弯，第四家挂有'池田'门牌的就是。她们都认识我，我就不去了啊。"

"给你添麻烦了,回见……"

"为什么呀?搞到这步田地……家庭和睦不是最重要的吗?"

英子的反抗中包含了憎恶。

所谓石墙,其实是混凝土墙。院里还有一棵高大的枫树。绕过这户人家的墙角,第四家便是挂有"池田"门牌的狭小老屋。房子全无特色。昏暗中的大门是北向的。二楼的玻璃门关闭,屋里静寂无声。

信吾走近前去,没有值得注目的东西。

走到跟前,便泄了气。

在这样的人家里,藏着儿子怎样的隐秘生活呢?信吾觉得自己没理由突然闯入这户人家。

信吾绕过另一条路。

英子已不在分开的地方。信吾走到刚才下车的大街上,也不见英子的踪影。

信吾回到家里,菊子的脸色十分难看。

"修一有急事,去了趟公司。天气真不错啊。"信吾说。

信吾累得要命,说完就躺到了铺上。

"修一跟公司请了几天假?"保子在客厅问。

"哦,那我没问。只是把房子接回来,两三天吧。"信吾躺在铺上答道。

"我今天也帮着菊子把棉被絮好了。"

信吾心想,房子把两个孩子带回家,菊子又得受苦了。

他一想到修一自立门户，脑海里就浮现出在本乡看见的修一情妇家的景象。

他还念及英子的反抗。每天都在身边，可信吾从未见过英子那样子发作。

想必他还没见过菊子的发作。保子对信吾说过，那孩子是怕爸爸作难，才不敢争风吃醋的。

很快入睡的信吾被保子的鼾声惊醒，他捏住保子的鼻子。

保子却像根本没睡似的。

"房子还会拎着包袱回来的吧？"

"可能会吧。"

两人就此沉默不语。

岛　梦

野狗在地板下面下了小崽。

用"下了"这样冷漠的说法形容信吾一家倒是贴切的。那野狗是在家里人统统不知情的情况下,在地板下生了狗崽。

"妈妈,昨天、今天,都不见阿照露面,是不是下狗崽了?"

七八天前,菊子在厨房里跟保子提起过。

"你这样说……亲眼看见了吗?"保子的应答心不在焉。

信吾的脚垂在地炉下,沏了玉露茶。自斟自饮。今年秋天养成的习惯,每天早上要喝玉露茶。

菊子一边准备早餐,一边继续着阿照的话题,但很快又转换了话题。

菊子跪着把酱汤放在了信吾面前。信吾沏了一杯玉露茶说:

"喝一杯吧……"

"好的。谢谢。"

这还是信吾第一次给菊子沏茶,菊子正襟危坐。

信吾看着菊子说：

"腰带、外褂上都是菊花啊。秋菊花期已过。今年被房子搅的……都忘了菊子你的生日。"

"这腰带叫'四君子'，一年四季都适宜系的。"

"什么叫'四君子'？"

"兰、竹、梅、菊……"菊子爽快答道。

"爸爸您知道在哪儿可以看到。画里也有，好多和服上也是这样的图案。"

"这花纹充满了贪欲呢。"

菊子放下了茶杯。

"好喝。"

"哦，是谁来着？奠仪的回礼是玉露茶，所以收到后又喝了起来。过去喝了不少玉露茶。我们家很少喝番茶①的。"

这天早晨，修一先出门去了公司。

信吾在玄关穿鞋，拼命回想奠仪返礼送玉露茶的朋友的名字。其实问问菊子就行了，他却没有开口。那个朋友带着年轻的女人去温泉旅馆却暴卒。

"阿照真的没来啊？"信吾问。

"是啊。昨天今天都没见身影……"菊子答。

有时，听到信吾出门的动静，阿照就会绕到玄关，送信吾到大门外。

信吾的脑海中浮现出近日的情景——菊子在玄关摸了摸

---

①番茶：绿茶粗茶。

阿照的肚子。

"真吓人啊。胀鼓鼓的……"

菊子皱着眉头,可还是忍不住去摸狗肚里的胎儿。

"几只?"

阿照诧异地翻着白眼看着菊子,侧翻躺下,肚皮朝天。

菊子也是反应过度,阿照的肚子并没有鼓胀到吓人的地步。它的肚皮似乎变薄了,呈淡淡的桃红色。乳头根部却藏有污垢。

"它有十个乳头吗?"

菊子一问,信吾便用眼睛去数。靠上的两个乳头很小,像是萎缩了。

阿照身上绑着号牌,它是有主人的。可是主人很少喂它,便成了野狗。它常常绕到主人邻家的厨房门前乞食。菊子总是将早晚的剩饭留给阿照,它便经常转来信吾家。夜半时常听到院内狗吠,仿佛阿照成了家庭成员,但菊子并没有把它当作家犬。

但是下狗崽,阿照总是要返回主人家的。

所以昨日、今日都不见踪影,菊子便断定它是返回主人家下狗崽去了……

信吾生出一缕哀思,怎么下狗崽非要回主人家?

但是这一次阿照却是在信吾家的地板下面分娩,十天了竟无人发现。

信吾和修一一起下班回家。一进家门菊子就说:

"爸爸，阿照在咱家生了小狗……"

"是吗？在哪儿？"

"在女佣房的地板下。"

"唔……"

女佣不在。三铺席大小的女佣房里，乱七八糟地放置了各类杂物。

"阿照在女佣房的地板下。我往里一瞅，像是有狗崽呢。"

"哦，几只啊？"

"黑咕隆咚的，看不清。在里头呢。"

"好啊。这回是在咱家生的……"

"妈妈说了，阿照真奇怪，总在那小库房的周边转悠，还挖土呢。它是在找生产的地方吧。要是在里面放些稻草，它就会在那里分娩的吧。"

"狗崽儿长大就麻烦了……"修一说。

信吾很高兴阿照在自己的家里下崽，但处理野狗的狗崽让他头疼。丢弃狗崽会令他产生不良心绪。

"听说阿照在咱家下崽了？"保子也提起了这个话题。

"听说是……"

"女佣房的地板底下吧？只有那里没人住，阿照真聪明。"

保子的腿还在被炉里，她仰视着信吾，蹙着眉头。

信吾也把脚伸进被炉，喝了口粗茶，对修一说：

"我说，谷崎说给介绍的女佣，怎么样啊？"

信吾又给自己沏了第二杯粗茶。

"那是烟灰缸啊,老爸……"修一提醒道。

信吾把茶沏在了烟灰缸里。

◆◆◆◆

"爬不了富士山了,老了。"信吾在公司里小声说。

冷不丁冒出一句,他觉得挺有意思,就来来回回地嘟囔着。

莫非是昨夜梦见了松岛①,才突然冒出了这么一句?

信吾没去过松岛,今天早晨起来就觉得纳闷儿,怎么会梦见松岛?

信吾这才意识到,这把年纪了,竟然没去过日本三景中的松岛和天桥立②。只是去九州公司出差的那次,在过了游览季节的冬天,归途下车去了安艺的宫岛③。

早起,梦就只剩下了残片,信吾却还清晰记得岛上松树的葱郁和大海的色调,也明白那梦中的必然是松岛。

树荫下的草地上,信吾拥抱了一个女子。他们躲躲藏藏,生怕让人看见。他们约好分头前来。女子是一个非常年轻的

---

①松岛:位于日本官城县松岛湾的多个岛群。
②天桥立:京都府官津市官津湾的沙洲。
③宫岛:即严岛,位于广岛湾西北,也是日本三景之一。

姑娘。他们不知道自己的年龄,携手在松树林中奔跑。信吾自然也年轻。他拥抱女子,似乎感受不到年龄的差距。信吾就像一个年轻人。他不觉得那是返老还童,也不觉得身在往昔。如今的信吾已六十二岁,梦中却是二十来岁的样子。这就是梦的不可思议之处。

伙伴的汽艇驶向远海。一个女子站在船上,不住地挥动手帕。蓝色的大海衬托着白色的手帕,鲜明的印象梦醒后犹存。信吾和女子单独留在了小岛上,却没有丝毫不安的感觉。信吾看得见海上的汽艇,他认定汽艇上的人看不见他们的隐身之处。

梦见白手帕的时候梦醒了。

清早醒来,不知梦中的女子是谁。面容、身姿,印象全无,连触感都没留下,唯有鲜明的景物色彩留存。那为何是松岛呢?为什么梦见松岛?统统不得而知。

信吾没见过松岛,也没乘汽艇去过无人的小岛。

他本想问问家人,梦见色彩是不是神经衰弱,可他欲言又止。做了拥抱女子的梦,多让人讨厌啊。而现在的自己梦见年轻的自己,却是自然的、合乎情理的。

梦中的时间是奇妙的,这使信吾感受到某种慰藉。

信吾心想,若能知道梦中的女子是何人,奇妙的问题就会找到答案。信吾在公司里不停地吸烟,这时传来轻轻的敲门声。

"早上好。"铃木进门说,"还以为你没到呢。"

铃木摘下帽子挂起来。英子急忙起身接外套。铃木却一屁股坐在了椅子上。信吾望着铃木的秃头觉得好笑。铃木耳旁增多的老年斑,看着很脏。

"一大清早,有事吗?"

信吾忍住笑,看着自己的手。信吾的手背、手腕上也有不少淡淡的老年斑,有的随季节变化特别明显。

"实现了极乐往生的水田啊……"

"啊,水田。"信吾想起来了,"对,对,水田的奠仪返礼是玉露茶,那时我才开始喝玉露茶的。上等的玉露茶啊。"

"玉露茶是好,可极乐往生更让人羡慕啊。倒是听说过那样的死法,但是水田却不愿意……"

"唔。"

"让人羡慕对吧?"

"像你现在这样又胖又秃,有希望呢。"

"我的血压不高啊。水田最怕脑出血,听说都不敢一个人在外过夜。"

水田是在温泉旅馆猝死的。葬礼上,旧友们窃窃私语铃木谈及的极乐往生。不能因为水田带了年轻的女子,就胡乱猜测水田的死因。事后念及,总觉得有些蹊跷。当时大家好奇的是,不知道那女子会不会参加葬礼。有人说女子会抱憾一生;也有人说,若是真心爱一个男人,或许也是她本来的心愿。

如今六十来岁的一帮人,都是大学同期的同学,照旧书生意气，谈天说地。在信吾看来，却是一帮老朽。他们仍旧喊着学生时代的绰号和爱称，彼此了解对方的年轻时代。他们感受到的不仅是亲切、怀念，还有令人生厌的杂草丛生般的利己主义世故。水田把鸟山的早逝当作笑柄，而他的死却也成了笑柄。

葬礼上，铃木没完没了地奢谈极乐往生。信吾想象着，这个男人若如愿兑现了那种死法，真就太可怕了。

"都是老人了，丑陋不堪啊。"

"是啊。我等已做不了女人梦啦。"铃木也平静地说。

"你爬过富士吗？"信吾问。

"富士？富士山吗？"铃木一脸诧异的神色，"没有啊。怎么了？"

"我也没爬过啊。还没去爬富士山，人就老了。"

"什么啊？好淫亵的意味……"

"胡说八道。"信吾忍不住笑起来。

英子把算盘放到门口的桌子上，也嗤嗤地笑。

"出乎意料啊。看来好多人没爬富士山，没看日本三景就完结一生。日本人中有百分之几爬过富士山呢？"

"多少呢？不到百分之一吧。"

铃木又回到之前的话题。

"我说啊，像水田这样幸运的人，恐怕是几万、几十万分之一吧。"

"中彩票的概率啊。可是遗属多别扭啊……"

"嗯，其实水田的遗属，他妻子来找我……"铃木言归正题，"托我办这件事呢。"铃木说着解开了桌上的小包袱。

"面具，水田的妻子让我买下这个能剧面具，想请你帮忙看看呢。"

"我不懂面具啊。就像日本三景一样，虽有耳闻，可自己都还没见识过呢。"

包袱里有装着面具的两只袋子。铃木从袋子里取出面具。

"据说这个叫慈童①，这个叫喝食②，都是儿童面具。"

"儿童面具？"

信吾拿起喝食面具，捏住两边耳孔的纸绳翻看。

"前边是刘海儿吧？银杏形。这是举行元服③前的少年啊，还有酒窝呢。"

"嗯。"

信吾尽可能自然地伸直双臂，对英子说：

"谷崎，把那里的眼镜给我。"

"不用了啊。大致看看就行了。看那面具，听说把手抬高一点就行。我们这样的老花眼，距离正合适。再说面具的眼睛朝下看，是一副愁容……"

"像谁呢？倒是挺写实的……"

铃木解释说，面具的眼睛朝下，愁容满面，是忧郁的表

---

①慈童：日本能剧面具，象征品格高尚的少年。
②喝食：日本能剧的面具之一，象征英俊的青年。
③元服：日本男子的成人冠礼。

情；面具的眼睛朝上，阳光明媚，则是明朗愉悦的表情。据说眼睛左右活动，乃是取舍之意。

"总觉得像一个人哪。"信吾又嘟哝说，"说什么都不像是个少年，倒很像是个青年哩。"

"过去的孩子早熟。再说放到能剧里，童颜便有点儿滑稽。仔细瞧瞧，是个少年呢。据说慈童是个妖精，象征永恒的少年。"

信吾按铃木的指示活动了一下慈童面具。

慈童的前发是河童①秃发型。

"怎么样？买不买给个话啊……"铃木说道。

信吾将面具放在了桌子上。

"嗯，人家求到你，就买了呗。"

"嗯，我买了。其实水田的妻子拿来五个，我买的两个是女面，另一个我让海野买了。剩下的你买了吧。"

"什么？我买剩下的？你自己倒先买了女面，太自私啦。"

"女面好吗？"

"好有何用？没有了啊。"

"哎呀，我带来的也不错啊。你就帮我买了吧。水田就那么死了，我看到他妻子的脸，就没缘由地可怜她，没法拒绝啊。据说，这两个的做工比女面好。永恒的少年，多好的寓意啊。"

"水田死了。鸟山在水田那里，时不时定定地瞅着这面

---

①河童:日本童话故事中的动物,水陆两栖,幼儿形。

具。如今可好，鸟山也死了。看来它不吉利呢。"

"慈童面具不是挺好吗？永恒的少年……"

"鸟山的告别仪式，你来了吗？"

"有事缺席了。"铃木站起身来，"我说，先放你这儿，你琢磨琢磨。不想要的话，拜托转手给谁吧……"

"想要不想要，与我无缘啊。真是不错，可离了能剧藏在我们这儿，岂不使之失去了生命？"

"嘻，没事的。"

"多少钱？很贵吗？"信吾追问道。

"唔，担心忘记，我让水田夫人写在了纸绳上。大概是那个数，或许还会便宜一点……"

信吾架上眼镜摊开纸绳，眼前之物变得清晰起来，他看到了慈童面具的描线和嘴唇，美轮美奂。他差点惊呼出声。

铃木离开房间，英子便走近桌旁。

"漂亮吧？"

英子默默点了点头。

"戴上试试？"

"啊，我戴岂不滑稽可笑？再说这一身西服……"英子说。

可信吾刚要把面具拿开，英子竟将面具戴在了脸上，把绳子绕向脑后系好……

"你轻轻动一下……"

"好的。"

英子兀自站着，变动着面具的方向。

"太棒了。太棒了。"

信吾情不自禁。面具一动，就有了生气。

英子身穿豆沙色西服，秀丽的卷发垂在面具的两旁，可爱动人。

"这样行吗？"

"嗯。"

信吾让英子即刻去买能剧面具的参考书。

❖ ❖ ❖ ❖

喝食与慈童两种面具上皆有制作者名，在书上一查不难得知。它们虽非室町时代的古物，却是下一个时代的名人之作。信吾是头一次手持能剧面具观赏，亦觉得不像赝品。

"哎哟，这是什么呀？好恐怖！"

保子架起老花镜瞧着面具，菊子窃笑。

"老妈，那是老爸的眼镜，您戴也行吗？"

"嘿，戴老花镜还管是谁的……"信吾代替保子答道。

"管它是谁的，差不多都管点儿用吧……"

保子用的是从信吾兜里掏出来的老花镜。

"一般都是男人眼睛先花，咱家不是老婆子大一岁吗？……"

信吾神采奕奕，穿着外套就把腿脚伸进了被炉。

"老眼昏花，最要命的是看不清吃的啊。上桌的饭菜烧得精细一点就分辨不清了。最初老眼昏花的时候，端着饭碗都看不清饭粒，模糊一片。真是可悲啊。"信吾说着，同时凝视着能剧面具。

突然，他意识到菊子已将和服放在膝前等他更衣。同时他还发觉，修一今天也没有回家。

信吾起身更衣，俯看着被炉上的面具。

今天真是怪了，他不想直视菊子的那张脸。

菊子一直不愿靠近瞧那面具，便假装不经心地整理西服。信吾忧郁地想，铁定是因为修一有家不归。

"总觉得有点儿骇人，像个人头。"保子说。

信吾又回到了被炉旁。

"你觉得哪个好？"

"这个吧。"保子不假思索地回答，她手持喝食面具，"简直像个活人。"

"哦，是吗？"信吾不满保子的断言，"年代一样，制作者不同。不过都是丰臣秀吉的时代……"

说罢，他把脸凑到了慈童面具的上方。

喝食是男性，眉毛亦具有男性特征。慈童有点儿中性化，眉目间隔宽，眉毛像少女的，亦似和美的新月。

信吾由上方贴近面具的眼睛，少女般滑润的肌肤在老花眼下生出一种肌体的温馨，朦胧柔和，仿佛面带微笑。

"噢!"信吾倒吸一口气,脸凑到三四寸近,仿佛在面对一个美丽纯洁的微笑着的女子。

眼睛和嘴鲜活生动,渺茫的眼窝里嵌着黑瞳,茜色的润唇令人怜爱。信吾屏住气息,鼻尖将要触及面具的时候,下方乌黑的瞳仁给人以突兀之感。面具的下唇肉鼓鼓的,信吾险些吻到。他深深地吐出一口气离开了面具。

一离开,竟有虚幻之感,信吾发出一阵急促的喘息。

信吾郁郁不乐地将慈童面具装入袋中。那是一只红色锦缎袋。信吾把喝食面具的袋子递给了保子。

"装进去吧。"

慈童面具下唇的口红色泽古朴,由唇际向中间渐渐淡去。信吾感觉仿佛看透了下唇的深处。樱口轻启,唇内无齿,宛若雪上的花蕾。

信吾因为靠得太近,脸几乎贴着能剧面具,所以才有了这种不正常的诡异感觉,或许出乎制作者的意料。能剧舞台上,生动的面具须与观者保持适当的距离。然而信吾此刻极端贴近,面具依然生动无比。他即认定,面具里注入了制作者"爱的秘密"。

信吾感受到一种天国邪恋般的心悸,并忍俊不禁。莫非是自己老眼昏花?莫非这面具真比人间的女子还要妖艳?

他感觉自己心有旁骛,连续遭遇了诸多怪事,或是梦中拥抱了姑娘,或是怜惜戴着面具的英子,或是差点儿吻上了慈童……

信吾老眼昏花后，从未近距离地观赏过年轻女人的脸。莫非老花眼也能领略朦胧的柔美妙趣？

"这个面具啊，奠仪回礼送玉露茶……喏，就是在温泉旅馆骤然死亡的水田啊，水田的珍藏品呀。"信吾对保子说。

"真骇人。"保子不断地重复道。

信吾在粗茶里倒入威士忌饮用。

菊子在厨房里切葱花，用作鲷鱼火锅的配料。

❖ ❖ ❖ ❖

岁暮二十九日清晨，信吾在洗脸，望见阿照领着狗崽往向阳处走去。

狗崽从女佣房的地板下爬出，可无法确认是四只还是五只。菊子一把抓住刚爬出的一只狗崽抱回屋里。被抱的狗崽十分驯顺，但是一见人就逃回到地板底下。这窝狗崽还不曾一起在院中露面，所以菊子一会说是四只，一会儿又说是五只。

朝阳下，才明白一共有五只狗崽。

同一处小山脚下，信吾先前看到了混杂的麻雀和画眉。这座小山丘是当年人们为躲避空袭，挖防空洞的土堆积而成的。战争期间种过蔬菜，如今成了动物早晨晒太阳的处所。

画眉和麻雀在这里啄过的芒草穗儿已经枯萎,却仍以原来屹立的刚强姿态覆盖着土堆的小山丘。土堆上杂草松软,阿照有智慧选中这儿,让信吾钦佩。

人们起床前或起床后忙于早餐,阿照便将狗崽们带到阳光明媚的地方,让它们沐浴暖和的朝阳,给它们喂奶。狗崽们享用着不受人类干扰的短暂时光。信吾最初如是想,面对小阳春中的美景,他露出了笑容。虽然是岁暮二十九,但镰仓的向阳处还是小阳春天气。

仔细一瞧,争抢乳头的五只狗崽用前脚掌压住乳房,像抽水机似的吸出奶水。它们发挥了惊人的动物本能。阿照或是觉得,狗崽长大了,已经可以爬上土堆,便无须再喂奶了,所以它或是摇晃躯体,或是腹部向下。阿照的乳房被狗崽们的爪子抓出了道道红痕。

阿照好歹站了起来,甩开吃奶的狗崽们跑下土堆。一只紧紧咬住乳头的小黑狗,冷不丁从土堆上滚落下来。

信吾瞠目,看着狗崽从三尺高的土堆上滚落下来。狗崽却若无其事地爬起身,呆立片刻,旋即嗅着泥土的气息离去。

"咦?"信吾纳闷儿,久久沉思。这狗崽的模样像是第一次看见,却又似曾相识。

"想起来了,宗达①的绘画。"信吾喃喃自语,"唔,了不起啊。"

信吾见过宗达的水墨画相片——小犬图。他记得画中的

---

①宗达:法桥宗达(生卒年月不详),日本江户时代初期画家。

小犬像玩偶，此刻才惊异地发觉那是一幅生动的写实画。眼前的景象跟宗达的小犬图如出一辙，小黑狗的形态中增添了品格与柔和之美。

信吾同时觉得喝食面具是写实的，像一个人。

喝食面具的制作者和画家宗达乃是同时代的人。

用现在的话来说，宗达画的对象乃是杂种狗崽。

"哎，来看啊，狗崽们都出来了。"

四只狗崽战战兢兢地从土堆上爬下来。

信吾用心等待，可在小黑狗和其他狗崽身上再也看不到宗达画中的小狗神态。

狗崽竟入了宗达的绘画，慈童面具则幻化为现实中的女人。信吾心想：莫非二者各自的逆转是一种偶然的启示？

信吾把喝食面具挂在墙上，却像藏起秘密似的把慈童面具收进了壁橱。

保子和菊子都被信吾叫到洗漱间看狗崽。

"真是的，在这儿洗脸时你们竟全无觉察……"信吾说。

菊子把手轻搭在保子肩上窥测般地说：

"早晨的女人性子急，对吧，妈妈？"

"是啊。阿照呢？"保子说。

"狗崽们像迷途的羔羊或弃儿，四处转悠，谁知道去了哪儿……"

"把它们扔掉，你愿意吗？"信吾说。

"其中两只已有了人家。"菊子说。

"啊？有人要了吗？"

"嗯，一家是阿照的旧主……只要母狗。"

"啊？阿照变成了野狗，他们却要阿照的崽子……"

"像是这样呢。"

菊子又回答保子方才的问题：

"妈妈，阿照一定到哪儿吃饭去了。"

接着她对信吾解释说：

"近邻们很惊奇，都说阿照聪明。它对街坊家里的开饭时间了如指掌，定时定点地挨家转悠……"

"哦，是吗？"

信吾有些失望。近期早晚喂食，以为它待在家里，孰料阿照竟瞅准街坊家里的开饭时间外出转悠。

"准确地说，不是开饭时间，而是饭后拾掇的时间。"菊子补充说。

"遇见一些街坊，说到阿照在咱家里下了崽，他们问我阿照的行踪。爸爸您不在家时，附近的孩子们也来家里，希望看看阿照的小崽呢。"

"看样子很受欢迎嘛。"

"对啊、对啊，一位太太说得很有意思。她说：'阿照到府上下崽，府上也会添丁，阿照是来给少夫人催生呢。这不是值得庆贺的事情吗？'"

保子说罢，菊子满脸通红，将搭在保子肩上的手抽了回来。

"哎呀，妈妈。"

"街上的太太们是这样说的嘛……"

"怎么有这等人狗并提的蠢蛋?"

信吾这样说也有点儿过分。

菊子抬起头来却说:

"雨宫家的老爷子很惦记阿照呢。他曾来咱家请求,问咱家能不能收养了阿照啊。家长式的说话方式,让我无法应答……"

"是吗?可以考虑啊。"信吾回答。

"它也就是这样来了咱家。"

雨宫是阿照以前的主人的邻居,事业失败后,他卖掉房子迁居东京。家里原先寄居了一对老夫妇,帮着料理杂务。东京的住房狭小,只好租房将老夫妇留在了镰仓。街坊们都把这位老人称作雨宫家的老爷子。

阿照同这位雨宫家的老爷子最亲近。老夫妇迁到租赁的房子住下后,老人还来看过阿照。

"我马上去告诉老爷子,让他放心。"

菊子趁机离开了。信吾没瞧菊子的背影。他的视线追随着小黑狗,发现窗边的大株蓟草倒了。花已凋落,茎根折断,蓟草叶却还翠绿。

"蓟草的生命力真强啊。"信吾说。

冬樱

元旦前夕下起雨来,元旦仍是雨天。

从今年起改为按足岁算年龄,信吾六十一,保子六十二。

元旦信吾本想睡个懒觉,可一大早就被吵醒了。房子的女儿里子在走廊上跑动,弄出很大的声响。

菊子已经起来了。

"里子,过来,过来帮忙,去烤杂煮用的年糕好吗?"

菊子是想把里子叫到厨房,免得她在信吾寝室的外廊上跑动。里子却充耳不闻,继续在走廊上啪嗒啪嗒地疯跑。

"里子、里子。"房子躺在床上喊。

母亲喊她,她也不理。

保子也被吵醒了,对信吾说:

"元旦是个雨天呀。"

"嗯。"

"里子起来了,房子还要睡。当媳妇的菊子总该起床了吧?"

说到"总该",保子的舌头有点儿僵,信吾觉得诧异。

"我也很少早起……元旦竟被孩子闹腾起来了……"保子说。

"今后每天都会如此啊。"

"不至于吧。相原家没有走廊,孩子来咱家觉着新鲜,才跑来跑去……过些日子习惯了就不跑了。"

"或许吧。这年龄的孩子都喜欢在走廊里跑,啪嗒啪嗒的,那声音仿佛吸附在地板上……"

"孩子的脚软软的啊……"

保子竖起耳朵倾听里子的足音。

"里子今年本该五岁,怎么才三岁呢?我总觉得那是被狐精迷惑了。我们嘛,说六十四或六十二有何差别呢?!"

"那也未必啊。有一件事情很怪,我的出生月份比你的早,从今年算起,有一段时间我们却同岁。从我的生日到你的生日,这段时间你我同岁啊。"

"哦,是啊。"

保子也意识到了。

"怎么样,大发现吧?一生中的奇事呢。"

"是啊。可事到如今,同岁又何用之有?"保子嘟哝了一句。

"里子、里子、里子!"房子又在呼唤。

里子跑够了,便又回到母亲的身边躺下。

"瞧你的脚,那么凉啊!"

传来了房子的语声。信吾合上了眼睛。过了一会儿,保子说:"大家起床前,孩子那样跑跑挺好呀。如果大家都在,她就闷声不响，只顾缠着妈妈了。"

两个老人莫非在相互揣摩对方对外孙女的爱？

信吾觉得起码保子是在揣摩自己对她的爱。

或者，也许信吾是在自己揣摩自己？

走廊里又传来里子跑动的脚步声。睡眠不足的信吾感觉那噪声不堪忍受，可他并不生气。

他也不觉得外孙女的足音有柔和之感。信吾确实欠缺慈爱。

信吾亦未觉察，里子奔跑的过廊雨窗尚未开启，窗外仍是黑夜。保子像是很快意识到了，对里子满怀心疼。

❖ ❖ ❖ ❖

房子婚姻的不幸在女儿里子的心中投下了阴影。信吾亦心疼孩子，不时焦虑、头痛。面对女儿婚姻的失败，他也无能为力。

信吾确实是万般无奈，但时常感到惊诧。

父母对女儿出嫁后的婚姻生活，干预的力量有限。时至分手离婚，也说明女儿软弱无能。

房子与相原离婚后拖着两个孩子，就算把她接回娘家也于事无补。如果不能治疗房子的心理创伤，就无法重建她的生活。

那么女人婚姻的失败果真无解吗？

秋天，房子离开相原之后，没有回娘家，而是去了信州的老家。乡村的老家发来电报，信吾老两口才知道了房子离家出走的原委。

修一把房子接回家来。

房子在娘家住了一个月，又走了，说要找相原把话说清楚。

家里都说让信吾或修一去找相原谈谈，可房子不听，非要自己去。

保子说，那就把孩子留在家里吧。房子歇斯底里地反驳说：

"孩子怎么处置，不正是需要解决的问题吗？这会儿，谁知道孩子是归我，还是归相原？！"

她就这样走了，再也没回家来。

这是他们夫妇之间的事情。信吾老两口不知道要等待多长时间，日复一日地在焦虑不安中煎熬。

房子一直杳无音信。

莫非她打算和好，回到相原身边？

"房子这样糊里糊涂地拖着真是烦人。"保子说。

信吾却随口接了一句：

"我们不也是糊里糊涂地拖着吗？"

两人都阴沉着脸。

就是这个房子，在元旦前一天突然回到了娘家。

"哎呀,这是怎么啦?"

保子吃惊地望着房子和孩子。

房子想折起洋伞,双手却颤抖。伞骨像是折了几根。

保子望着这情景问:

"下雨了吗?"

菊子下到院里抱起里子。

保子正让菊子搭手,把炖菜装进饭盒里。

房子是从厨房门进来的。

信吾以为房子是来索要零花钱的,实际上并非如此。

保子擦了擦手走进客厅,站在那里瞅了瞅房子。

"行啊。大晦日①的,相原怎么把你赶回了娘家?"

房子一言不发,只是流泪。

"嗯,也好啊。分明是情分已断……"信吾说。

"那倒也是……可是,哪有大晦日把人赶出门的道理?"

"我是自己出来的。"房子抽噎着反驳道。

"是吗?那就好啊。你是想回家过年才回来的,对吧?我说错了,对不起。算了,那些烂事,等过完年再慢慢商量吧。"

保子又去了厨房。

保子的说话方式让信吾难受,但他同时也感受到了母亲的爱女之情。

无论是大晦日在厨房门外迎进房子,还是元旦大清早里子在昏暗的廊下疯跑,对于这些事情,保子首先表现出的都

---

① 大晦日:阳历中一年的最后一天,日本的"除夕"。

是同情或体恤之情。那倒不算什么,让信吾心生疑虑的是保子对自己的戒心。

元旦早晨,房子起床最晚。

一家人在等她用早餐。听得见她在屋里洗漱,化妆用了很长时间。

修一闲得无聊,就给信吾斟了一杯日本酒。

"喝屠苏①之前,先喝一杯日本酒吧……爸爸也满头白发了。"

"哦,活到我们这个年纪,有时一天就增加许多白发。不说一天,眼瞅着就白了头哇。"

"哪有那么快啊。"

"真的,你看啊。"信吾略微探出头。

保子和修一瞧了瞧信吾的头,菊子也一脸认真地凝视着信吾的头。

菊子把房子的小女儿抱在膝头上。

❖❖❖❖

家里为房子和孩子们加了一个被炉。菊子走近前去。

信吾和修一在这边对饮,保子把脚伸进了这边的被炉。

---

①屠苏:日本人新年喝的一种药酒,传说延用华佗的处方。

修一在家不怎么喝酒，或许是元旦下雨，或不觉间喝过了量，他仿佛无视父亲的存在而自酌自饮，目光也变得呆滞起来。

信吾听说，修一曾在绢子家里喝得烂醉，还让绢子的同居女友唱歌，把绢子气哭了。现在看到修一的那双醉眼，信吾才想起这件事情。

"菊子，菊子，"保子呼喊，"拿些蜜柑过来……"

菊子拉开隔扇递上蜜柑。保子又说：

"嘿，拿到这里来。瞧这俩闷声不响，只顾喝酒！"

菊子瞥了一眼修一，有意岔开了话头。

"爸爸没喝那么多吧？"

"没，我在思考爸爸的一生啊。"

修一像是说别人坏话似的嘟囔了一句。

"一生？什么一生？"信吾问。

"怎么说呢，硬要下结论，无非是成功或失败。"修一说。

"这种事情……谁能说得清楚？"信吾一句话顶了回去，"嘿，今年新年，沙丁鱼干和鱼肉卷大致恢复了战前的味道，从这个意义上来说算是成功吧。"

"小沙丁鱼干和鱼肉卷吗？"

"是啊。还有什么啊？你不是在思考老爸我的一生吗？"

"说说罢了……"

"唔，平凡人生……活到今年，嘿，不错呀，到新年了还能吃沙丁鱼干、青鱼籽呀，多少人都已死去了……"

"也是啊。"

"可父母一生的成败竟然与儿女婚姻的成败也有关联,这真是要命啊。"

"老爸您感同身受,对吧?"

"小声点儿。元旦大清早的……房子在家里呢。"保子抬起头来小声说,旋即问菊子,"房子呢?"

"姐姐睡了呀。"

"里子呢?"

"里子和妹妹也睡了。"

"哎呀,母女三个这么贪睡吗?"

保子木然,露出老年人纯真无邪的神色。

大门开了,菊子走近一看,是谷崎英子拜年来了。

"哎呀,下雨天怎么还……?"

信吾惊讶,这"哎呀"之声与方才保子的语调如出一辙。

"说是就不进屋了……"菊子说。

"啊?"

信吾走到了玄关处。

英子挟着外套,穿着一身黑天鹅绒夹衣,好似刮过毫毛的脸上浓妆艳抹,掐着腰身,一副小巧玲珑的姿影。

英子有点儿拘谨地寒暄了几句。

"大雨天难为你了。我以为今天没人会来,我也没打算出门。外面很冷,进来暖和暖和吧。"

"不了,谢谢。"

信吾有些不解：英子为何冒着风雨和严寒前来？她是要做出一种姿态，还是真的有话要说？

不管怎样，信吾都觉得冒雨前来够她受的。

英子无意进屋。

"那干脆这样吧。我也出去走走。好歹进屋，等我一下。每年元旦我都要去板仓那里露个面，他是前任社长呀。"

其实一大早，信吾就惦记着这件事儿。英子一来，他才决定出门，便匆匆忙忙地做准备。

信吾起身走向玄关，修一仰脸躺下了。信吾折回来更衣，他又坐了起来。

"谷崎来了。"信吾说。

"嗯。"

修一不再言语，他不想见英子。

信吾出门前，修一抬起头来，视线追随着父亲的身影。

"天黑以前回来啊……"

"嗯，很快就回来。"

阿照绕到门口去了。

小黑狗不知从哪儿钻出来，模仿着母狗走在信吾前面。它跌跌撞撞地往门口走去，半身的毛都濡湿了。

"哟，真可怜。"

英子打算在小狗面前蹲下身去。

"阿照在我家里生了五只狗崽，四只给人了，就剩这只……"信吾说。

"这只也有主了……"

横须贺线的电车里空空荡荡。

信吾透过电车的车窗，望着倾斜而下的雨，心情愉悦。他庆幸跟着英子出了门。

"每年参拜八幡神的人很多，电车里拥挤不堪。"

英子点了点头。

"我说，你怎么总是元旦才来啊？"信吾说。

"唔。"

英子低着头，半晌儿不语。

"今后我虽然不在公司了，可元旦还是想给您拜年……"

"你若是结了婚，就不会来了吧？"信吾说，"怎么？你来……有什么话要说吗？"

"没有。"

"别客气，说吧。我脑子迟钝，有点儿痴呆了……"

"看您说的……您怎么会痴呆。"英子的回话很巧妙，"不过，我想请公司允许我辞职。"

信吾无言以对，果然不出他的预期。

"元旦大清早，不该跟您说这个的……"英子的说法很周全。

"改日再谈吧。"

"好吧。"

信吾的情绪变得抑郁起来。

他感觉在自己办公室工作了三年的英子，突然变成了另一个女人，简直与往日判若两人。

往日里，信吾并没有仔细地观察英子。对信吾而言，英子不过是一个女事务员。

信吾突然觉得，无论如何都要挽留英子。可他并没有信心能留住英子。

"你要辞职，责任在我吧。我让你带我去了修一情妇的家，让你讨人厌。在公司见到修一，你也十分难堪吧？"

"的确难堪啊。"英子明确地说，"不过事后想想，当父亲的那样做也理所当然。再说，我也很清楚是自己不好，不该叫修一带我去跳舞，还扬扬自得去绢子她们家里玩，堕落啊。"

"堕落？没有那么严重吧？"

"我变坏啦。"英子悲伤地眯起眼睛。

"辞职后，为报答您的照拂，我会劝绢子退出的……"

信吾惊异，也有点儿惭愧。

"刚才在玄关看到的就是修一的夫人？"

"你说的是菊子？"

"是啊。真是过分。当时我就下定决心，无论如何都要劝绢子退出。"

信吾感受到英子的轻松，因而自己的心情也变得轻松起来。

他突然意识到，这种变轻松的方法说不定意外地有效。

"那就拜托了。但我没资格这样求你……"

"我下决心是知恩图报，自由意志……"

英子的两片小唇夸下海口，信吾都感觉羞赧。

信吾甚至想直接对她说："请你不要轻举妄动。"

但他似乎被英子自己下的决心感动了。

"有那样一位好妻子……男人的心真搞不懂。看见他和绢子调情，我打心眼儿里厌恶。他跟妻子百般恩爱，我都不会心生嫉妒呢。"英子又说，"可是，如果不能让别的女人心生嫉妒，男人是不是又觉得美中不足？"

信吾苦笑。

"他常说夫人是个孩子，孩子啊。"

"他对你说的吗？"信吾厉声问道。

"嗯，对我、对绢子都这样说。他还说，就因为是个孩子，所以老父亲很喜欢她。"

"胡说八道！"

信吾禁不住看了一眼英子。

英子有点儿慌乱失措。

"不过，最近没说，最近没说他妻子的事情。"

信吾气得几乎浑身发抖。

他觉察到修一所指乃菊子的身体。

莫非修一要娶娼妇为新妻吗？信吾认为，那虽是令人震惊的无知，但更可怕的是精神上的麻痹。

修一连夫妻间的情事都告诉了绢子和英子，这种有失检点的做法想必正是源于精神上的麻痹。

信吾觉得修一残忍。不仅修一，绢子和英子对菊子也残忍。

修一为何感受不到菊子的纯洁呢?

信吾脑海里浮现出幺女菊子的清纯面容、苗条身段、白皙肌肤。

他也意识到因为儿媳,自己在感觉上憎恨儿子。信吾意识到些许异常,却无法抑制自己。

信吾仰慕过保子的姐姐。姐姐死后,他与年长自己一岁的保子完婚,这般异常在自己的生涯深处流淌。于是为菊子愤愤不平吗?

修一早就有了情妇,菊子早已不知如何妒忌。但在修一麻木残忍的对待下——或许正因如此,反而唤醒了作为女人的菊子。

信吾觉得英子是个发育不良的姑娘,比菊子差远了。

最后,信吾不再言语,或许是自己的寂寞感压抑住了自己的愤怒。

英子也默默无语地摘下手套,捋了捋自己的头发。

❖ ❖ ❖ ❖

一月中旬,热海的民宿庭院里开满了樱花。

这是寒樱,从头年岁暮开始绽放,而信吾却感觉身处别样世界的春天里。

信吾误把红梅花看作绯桃花，白梅则像杏花。

被引入客房前，信吾着迷于泉水里樱花的倒影，行至溪畔，立于桥上赏花。

他还到对岸观赏了伞形的红梅。

从红梅树下钻出的三四只白鸭逃走，黄色的鸭嘴和黄褐色的鸭蹼也让信吾感受到春天的气息。

明日公司迎客，信吾是来打前站的。商定住宿后，便没有特别的事情。

他坐在过廊的椅子上，凝望着庭院的鲜花。

白杜鹃亦已绽放。

浓重的乌云从十国岭方向飘来，信吾走进房间。

桌上放着两只表，一只怀表，一只手表。手表快了两分钟。

两只表很少契合。信吾时不时担忧。

"放心不下，还不如就戴一只啊。"

保子说得也在理，可这已是他多年的习惯。

晚饭前下了大雨，暴风骤雨。

停电了，只好早早就寝。

一觉醒来，院里狗吠，风雨声似翻江倒海一般。

信吾额头上沁出了汗珠。室内沉闷，微带暖意，让人感觉胸口憋闷，恍若春天海边的暴风雨将至时的感觉。

信吾深呼吸，突然感觉到一阵不安，像要吐血。六十寿辰时，他也少量吐血，之后则安然无恙。

"不是胸口，是胃里恶心。"信吾自己嘟哝了一句。

信吾只觉得耳朵里塞满了讨厌的东西，那句话通过两边的太阳穴传导，涌到了额头上。他揉了揉脖颈和额头。

恍如海啸袭来的是山上的暴风雨声，同时有一种尖厉的风雨声迫近。

暴风雨声深处，传来了远方的轰隆声。

这是火车通过丹那隧道的声音。信吾明白了，确信不疑。火车开出隧道的时候，鸣响了汽笛。

听到汽笛声，信吾一时间产生了恐惧感，睡意全无。

那汽笛声实在太长。火车通过七千八百米的隧道，需要七八分钟。火车从对面洞口一入隧道，信吾就恍惚听见了汽笛声。奇怪的是，火车进入函南那边的隧道口，这边的民宿距这边的热海隧道口尚有七町①远，隧道里的汽笛声是怎么传过来的呢？

信吾确实感知到了那鸣笛声，也意识到了穿过黑暗隧道的火车。火车从对面的隧道口驶入，从这边的隧道口驶出。火车钻出隧道的瞬间，信吾如释重负。

然而奇怪的是，到了早上，信吾就想跟旅馆的人打听，或往车站挂个探询的电话。

他总是久久难眠。

"信吾！信吾！"

信吾似乎听到有人在呼唤自己，如梦似幻。

这样呼唤自己的唯有保子的姐姐。

---

①町：长度单位。1町约合109米，7町则约合763米。

信吾在甜蜜中睁开了眼睛,朦朦胧胧。

"信吾!信吾!信吾!"

呼唤声悄然来到了后窗下。

信吾一惊,猛然醒来。屋后的小溪流水潺潺,听得见孩子们的喧嚣。

信吾起身打开了屋后的雨窗。

朝阳炫目。冬天的旭日像被春雨润湿似的发出和煦的光。

七八个去学校的小学生,聚集在小溪对岸的路上。

先前的呼唤声,想必是孩子们相互的召唤。

可信吾还是探出身子,用目光探寻了小溪此岸的矮竹丛。

朝 露

元旦这天，儿子修一说爸爸也已满头白发。信吾则答道："活到我们这个年纪，有时一天就增加许多白发。不说一天，眼瞅着就白了头哇。"当时信吾想到了北本。

信吾的同学大抵已年过六旬，战争期间及战败后，许多同学命途不佳。五十多岁身居高位者，一旦跌落摔倒便一蹶不振。到了这个年龄，许多人的儿子也战死沙场。

北本就失去了三个儿子。当公司的业务变成为战争服务时，他就成了派不上用场的技术员。

"据说他在镜前拔白发，突然间就疯了。"

一个老朋友到公司拜访信吾，说起北本的遭际。

"北本不用上班，闲得无聊，为解闷儿就揪拔白发。起初家里人没当回事儿，只觉得不必那样介意……可北本每天都蹲在镜子前面。头天刚刚拔掉，次日又生出白发。实际上白发已多得拔不完了。斗转星移，北本在镜子前的时间越来越长。每次不见身影,他都在镜子前拔白发。有时离开镜子不大一会儿,旋即又返回,继续他揪拔白发的工作。"

"那么,怎么没有拔光头发呢?"信吾忍俊不禁。

"别……别开玩笑。一根头发也没有了啊,你咋知道的?"

信吾终于忍不住笑出了声。

"瞧你……我可不是说谎呀!"

友人与信吾面面相觑。

"据说北本拔着拔着,头发渐渐都白了。拔一根白发,旁边的两三根黑发又变白了。北本一边拔白发,一边用无以形容的眼神定睛注视着镜中成为白毛的自己。眼见头发变得愈发稀疏。"

信吾忍住笑问道:

"他妻子就不言语,任由他拔下去吗?"

这位友人继续一本正经地说:

"剩下的头发越来越少。据说剩下的头发也全白了。"

"很疼吧?"

"拔的时候吗?不疼。他格外小心,一根一根地拔,以避免拔掉黑发。医生说拔到最后头皮收缩,用手摸头皮会疼。虽然没有出血,但拔秃了头皮却会红肿。最后他被送进了精神病院。据说在医院里把剩下的头发也拔光了。太可怕了!真是令人生畏的固执啊。他拒绝衰老,想返老还童。他究竟是疯了以后拔白发,还是白发拔得太多以后疯了?不得而知啊。"

"后来不是恢复正常了吗?"

"是啊。奇迹啊。光秃秃的脑袋上居然又生出了茸茸的黑发。"

"这可真是天方夜谭啊。"信吾又笑了起来。

"真事呀,老兄。"朋友没有发笑。

"疯子没有年龄。我们要是疯了,也会返老还童哩。"

朋友看了看信吾的头接着说:

"我这样的人绝望了,你们可大有希望啊。"

朋友的头几乎全秃。

"我也拔拔试试吗?"信吾嘟哝了一句。

"试试呀,恐怕你缺乏拔到一根不剩的热情……"

"是啊。我不在意白发,不可能疯狂地想要黑头发……"

"你的地位安稳哪。你能从万人遭受的苦难和灾厄中潇洒地游出来啊。"

"说来简单,就好比对着北本说,别拔了,白发拔不完的,不如染成黑发多简单啊。"信吾说。

"染发是自欺欺人。心若不诚,就没有北本那样的奇迹出现。"朋友说。

"可你不是说北本已经死了吗?纵令有你所谓的那般奇迹,纵令头发变黑返老还童……"

"你去参加葬礼了吗?"

"当时我并不知道,战争结束,生活稍稍安定后才听说。即便知道,那时的空袭最频繁,也无法外出去东京……"

"不自然的奇迹难以持久。北本拔白发,兴许是反抗年龄的流逝或反抗没落的命运，而寿命则另当别论。头发黑了，寿命却无法延长，或者相反。白发过后生出黑发，宝贵的精力却消耗殆尽，或许是因此缩短了寿命。但北本的拼死冒险，与我等并非毫不相干。"

朋友摇摇头下了结论。他已谢顶，两边的毛发像垂帘。

"近日，遇见的人都是白发苍苍啊。战争期间，我等还是花白头发。可战争一结束，转眼都是白发翁了。"信吾说。

信吾并不全信朋友的话，只把它当作添枝加叶的传闻。

然而北本过世的消息他也从别处听说了，千真万确。

朋友回去后，信吾自个儿回味方才的那番对话，产生了微妙的心理触动。假如北本过世是事实，那么过世前的白发变黑发大概也是事实。假如生出黑发是事实，那么生出黑发之前疯了大概也是事实。假如疯了是事实，那么疯了之前拔光头发大概也是事实。假如拔光头发是事实，那么照镜子头发白了大概也是事实。这样看来，朋友的话岂不皆为事实？信吾悚然。

"忘了问他北本死的时候是什么模样，头发是黑的还是白的。"

信吾这样自语，笑了。当然都是无声的，只有自己听得见。

即便朋友没有夸张，说的都是事实，但总是带着嘲弄北本的语气吧。信吾觉得不是滋味，一个老人竟如此轻薄而残酷地议论已故的老人。

信吾的同学中，非正常死亡的就是这个北本，还有水田。

水田带着年轻女子骤死在温泉旅馆。去年岁暮，信吾买了水田的遗物能剧面具。招募谷崎英子来公司似乎是为了北本。

水田死于战后，信吾参加了他的葬礼。北本死于空袭时期，而且是事后才听说的。谷崎英子带着北本女儿开具的介绍信来到公司，信吾才知道北本的遗属疏散到了岐阜县。

英子说她是北本女儿的同学。北本的女儿介绍一个同学到公司来谋职，信吾觉得十分唐突。信吾没见过北本的女儿。英子说，战争期间她也没见过北本的女儿。信吾觉得两个女孩儿都轻薄。若是北本的女儿同北本的妻子商量，偶然想起了信吾，就应当由她的母亲写介绍信。

对于北本女儿开具的介绍信，信吾觉得自己不负有责任。

信吾一见介绍至此的英子，就觉得她是个身体单薄、心浮气躁的姑娘。

但信吾还是用了英子，将她安排在自己的办公室里。英子已在此工作了三年。

三年的时光飞逝。信吾吃惊，英子竟在此工作了那么长时间。三年里，她和修一去跳舞算不了什么，可她竟然自由进出修一情妇的家。信吾还让英子当向导，去看了那个女人的家。

近来英子为此苦恼不堪，对公司似也产生了厌倦。

信吾没跟英子说过北本。英子大概不知道朋友的父亲是疯癫之后死去的。或许，她们的朋友关系并未达到可以随意造访彼此家庭的程度。

信吾一直觉得英子是个轻浮的姑娘，但这次她要辞职，信吾又觉得英子也有小小的良心和善意。而且她尚未结婚，还给人以干净、纯洁的感觉。

◆◆◆◆

"爸爸，喏，您真早啊。"

菊子把自己准备洗脸的水放掉，又给信吾放了一池洗脸水。

滴答滴答，血滴落在水中，在水中扩散、稀释。

信吾突然想起，自己曾轻度咯血。他觉得这血比自己的血鲜丽。他以为菊子咯血了，其实她在流鼻血。

菊子用毛巾捂住了鼻子。

"仰脸，仰脸。"

信吾的胳膊绕到菊子背后，菊子像在躲闪，向前一个趔趄。信吾一把抓住她的肩膀，往后一拉，一只手按住菊子的前额，让她仰起头。

"啊，爸爸，没事的。对不起。"

菊子说话间，血顺着手掌流到了胳膊肘。

"别动。蹲下去，躺下……"

信吾架着她，菊子就地蹲下，靠在了墙壁上。

"躺下吧。"信吾又说。

菊子闭着眼睛一动不动，失去血色而煞白的脸上，露出孩子般纯真的表情，仿佛对什么事物已经断念。她刘海下浅浅的伤痕，映入信吾的眼帘。

"还流血吗？不流的话，就回卧室休息吧。"

"嗯，没事了。"菊子用毛巾擦拭鼻子。

"我把洗脸池弄脏了，我来清洗一下……"

"嗯，不用了。"

信吾赶紧放掉了洗脸池里的水，淡淡的血色沉在水底。

他没再使用这洗脸池，用手掌接着水管里的水洗了洗脸。

信吾想把妻子叫起来帮帮菊子。

可他转念又想，菊子未必想让婆婆看见自己痛苦的样子。

菊子的鼻血好像喷涌一般，信吾觉得，就像菊子的痛苦喷涌出来一样……

信吾在镜子前梳头，菊子从他身后走过。

"菊子。"

"嗯。"菊子回头应道，旋即走进厨房。

她手持炭火铲走过来，信吾看到了爆裂的火星。菊子把用煤气燃着的炭火添在客厅的被炉里。

"啊！"

信吾自己吓自己，惊呼出声，自己竟糊里糊涂地把女儿房子已回娘家的事忘得一干二净。客厅昏暗，乃因房子和两个孩子在隔壁睡觉，忘了打开雨窗。

如果找人帮菊子，不用唤醒老妻，叫醒房子就行了。奇怪的是他在考虑叫醒妻子的时候，并没有想到房子在家。

信吾把腿脚伸进了被炉，菊子给他沏上了热茶。

　　"还晕吗？"

　　"有点儿。"

　　"还早呢。今天早上你歇着好了。"

　　"慢慢活动一下好。我去拿报纸，冷风一吹就好了。都说女人流鼻血，用不着担心。"菊子用轻松的口吻说，"今早也冷，爸爸您这么早起来干吗呀？"

　　"干吗来着？寺庙的钟还没敲，我就醒了。无论冬夏，六点准时敲的。"

　　信吾先起床，上班去公司却比修一晚。整个冬天都是如此。

　　午餐时间，他拉着修一到附近一家西餐厅就餐。

　　"知道菊子额头上有块伤疤吗？"信吾问。

　　"知道啊。"

　　"莫非是难产，医生动过产钳？虽说……未必是出生时的痛苦印迹，但菊子痛苦的时候，那伤疤尤其显眼呢。"

　　"今天早上？"

　　"是啊。"

　　"流鼻血啊。脸色难看，就露出了那块伤疤。"

　　看来，菊子已把流鼻血的事告诉了修一。信吾有点儿泄气。

　　"昨天晚上，菊子没睡觉吧？"

　　修一紧锁双眉，沉默良久。

　　"对外人，爸爸您不用那么客气呀。"

"什么叫外人?不是你的老婆吗?"

"所以我说,您对儿媳那么客气干吗呀?"

"你什么意思啊?"

修一没有应答。

◆◆◆◆

信吾走进接待室,英子坐在椅子上,另一个女子站着。

英子也站起身来,寒暄道:

"多日不见。天气暖和起来了。"

"好久不见。有两个月了吧。"

英子显得有些发胖,照旧浓妆艳抹。信吾想起来,有一回和英子去跳舞,发觉她的乳房仅有巴掌大。

"这是池田小姐,曾跟您提过……"

英子一边介绍,一边露出可爱的眼神,像是要哭。这是她认真时的习惯神态。

"哦,我叫尾形。"

信吾无法对这样一个女人说"承蒙你关照修一"。

"池田小姐不愿见您,她说没理由见您,是我硬把她拉来的。"

"是吗?"信吾对英子说。

"这儿好,还是到外面找个地方说话好呢?"

英子像征求意见似的望了望池田。

"我觉得这儿就行……"

池田板着面孔。信吾心中有点儿困惑了。

英子说过要把与修一的情妇同居的女子带来见信吾,但信吾没当回事。

辞职两个月之后,英子竟兑现了自己的诺言,确实令信吾意外。

终于摊牌要说分手的事情了吗?信吾在等池田或英子开口说话。

"英子唠唠叨叨,我拗不过她,只带我见面也是白搭,可我还是来了……"

池田的话语毋宁说展示了一种反抗。

"不过我来,还有一个原因,我之前也曾劝过绢子最好同修一分手。此番来见您,请求您帮助并让他俩分手。我想这是一件好事。"

"嗯。"

"英子说您是她的恩人,她也同情修一的夫人。"

"真是位好太太啊。"英子插言道。

"英子对绢子也这样说。可是现在的女人,很少因为情夫有个好太太就主动退出的。绢子就是这样说的:'要我还人家的丈夫,那把我战死的丈夫还给我啊。只要丈夫活着回来,任他见异思迁找女人啊,让他自由随其所好啊。'她还问我:'池田你会怎样做?'丈夫在战争中死去,我自然也有同样的想法。绢子还说：'我们的丈夫去战场，谁不是在苦苦地忍耐？丈夫死在了战场，我们怎么办？修一来我这儿怎么啦？他生死无忧，完好无损，不是好端端地回家了吗？'"

信吾苦笑。

"太太是好，问题是她的丈夫不会战死……"

"嗯，这样讲话有点儿蛮不讲理。"

"是啊，这是她醉酒时的哭诉……她和修一两人喝得烂醉，她让修一回家对太太说：'你没有等待战场上的丈夫归来的经历吧？你等的是铁定归来的丈夫吧？不是吗？'她让修一就这样说，就这样问他的太太。我也是战争寡妇的其中一人，战争寡妇的恋爱是不道德的吗？"

"嗯，这话怎么说呢……"

"男人也是一样，修一也是一样，醉酒乱性。他对绢子十分粗暴，强迫她唱歌。绢子讨厌唱歌，没法子，有时我就替她小声地哼唱两句。但即便如此，也不能使修一平静下来，在左邻右舍看来，简直不成体统……被迫唱歌的我也觉得受到了侮辱。可我又想这不是他在耍酒疯，而是在战地养成的毛病使然，说不定修一在某处战地也这样玩弄女人哩。于是在修一的乱性中，我仿佛看到了在战争中死去的丈夫正在战场上玩弄女人。我觉得揪心，头昏脑涨，怎么说呢，我在朦胧中产生了一种错觉，仿佛自己变成了被丈夫玩弄的那个女人，唱着下流的歌，边唱边哭。后来我告诉了绢子这般情况，绢子认为只有对自己的丈夫才行，否则便是不可思议的。也许如此吧。后来每当修一逼着我唱歌，绢子就哭泣……"

信吾觉得这是一种病态，面色阴沉。

"这种事尽快终止，为你们自己着想……"

"是啊。有一次修一走后，绢子痛切地说：'池田，这样下去真的会堕落的啊。'那么，同修一分手不就好了吗？可她又觉得，一旦分手，可能就会真的堕落。女人嘛……绢子害怕这样的结果。"

"那倒不必担心啊。"英子插话道。

"是啊。她一直勤奋工作，英子也看见的……"

"嗯。"

"我这身衣服也是绢子缝的。"

池田指了指自己的西服。

"大概是个副主任裁剪师吧，受店家重用。她替英子谋职的那次，几句话就搞定了。"

"你也在那家店里工作吗？"信吾惊讶地望了望英子。

"是啊。"英子点了点头，脸微微红。

英子是靠修一的情妇进了同一家店，今天又把池田带过来，信吾没法理解英子的心思。

"经济上，绢子是不会过多麻烦修一的。"池田说。

"那是当然。经济之类的问题……"

信吾有点儿恼火，话说了半截又吞了回去。

"上次修一欺侮绢子，我看见后毫不客气地说了。"

池田耷拉着头，双手放在膝上。

"修一同样也是负伤而归,他是一个心理上的伤员,所以……"

池田仰起头来,又说:

"不能让修一另立门户吗?有时候我也这么想,倘若修一和妻子两人单独生活,或许会同绢子分手的。我也做了各种设想……"

"是啊。可以考虑……"信吾点头应答。

他虽然反感池田的颐指气使,却也真有同感。

❖ ❖ ❖

信吾对这个名叫池田的女子毫无兴趣,所以不言语,只是听。

对方呢,发现信吾亦非善主,倘无法开诚布公地说事,何必来此见面?所以她啰里啰唆地说了很多,似乎是为绢子辩解,其实不尽然。

信吾觉得,或许该感谢英子和池田。

他并不想怀疑,也不想瞎猜两人的来意。

然而,他忍受着自尊心受伤的屈辱,归途中参加了公司举行的宴会,刚一入席,艺伎就附耳低声说了些什么。

"什么?我耳背,听不清啊。"

信吾生气,抓住艺伎的肩膀,旋即又松开了手。

"好痛啊!"艺伎揉了揉肩膀。

信吾拉长着脸。

"到这儿来一下。"

艺伎同信吾并肩走到廊下。

十一点前后信吾回到家，修一还没有回来。

"您回来了。"

房子在客厅对侧的房间里给小女儿喂奶，一只胳膊肘支着脑袋。

"啊，回来了。"信吾瞅了瞅里边，"里子睡了？"

"嗯，姐姐刚睡。里子刚才问，一万日元和百万日元哪个多呀，引得大家捧腹大笑。她正说着等外公回来问外公呢，说着说着就睡着了。"

"唔，说的是战前的一万日元和战后的百万日元吧。"信吾笑答。

"菊子，给我倒一杯水。"

"哦，水吗？喝的水吗？"

菊子觉着稀罕，站起身走了。

"要井水呀。不要加了漂白粉的……"

"好的。"

"战前里子没出生，我也没结婚哪。"房子躺在床上说。

"不管战前还是战后，还是不结婚好啊。"

听见后院井边的汲水声，信吾的妻子说：

"听见嘎吱嘎吱压水泵的声音，也不觉得冷了。然而冬天给你沏茶时，一大早菊子就嘎吱嘎吱地汲水，躺在被窝里听见都觉得冷啊。"

"唔，其实我在考虑是不是让修一他们另立门户呢。"信吾小声说。

"另立门户？"

"这样比较好吧？"

"是啊。要是房子一直住在家里……"

"妈妈，要是另立门户，那我搬出去好了。"房子已经起床，"我可以自立门户啊，对吧？"

"跟你没有关系。"信吾回了一句。

"谁说无关啊？大有关系呀。相原都这样骂我，说爸爸您不喜欢我，我才这个德行。这话气得我岔气。哪里有这么窝心的事情？"

"嘿，安静点儿，都三十好几的人了。"

"没有安居的家，怎么安静得了？"

房子用衣服遮掩露出丰满乳房的胸脯。

信吾疲惫地站起身。

"老太婆，睡吧。"

菊子将水倒进水杯里，一只手拿着一片大大的树叶。信吾站着一饮而尽。他问菊子：

"那是什么？"

"枇杷的新叶。朦胧的月光下，我看到水井前有灰白色摇曳，一看，原来是枇杷的新叶长大了。"

"真是女学生趣味啊。"房子挖苦道。

夜　声

信吾被惊醒了,那声音像是男人的呻吟。

他有点儿难以确认是狗还是人,最初听着像是狗的低吟。

他还以为,那是阿照濒死时的痛苦呻吟。莫非误食了毒药?

信吾突然心跳加速。

"啊。"他捂住胸口,仿佛心脏病要发作。

信吾醒了过来,那不是狗声而是人的呻吟,仿佛被卡住了脖颈,舌头不灵。信吾不寒而栗,有人受到了侵害吗?

"你听啊,听啊!"

好像有人在这样呼喊。

那是噎在喉咙里发出的模糊不清的痛苦的呻吟。

"你听啊,听啊!"

那声音像是有生命危险,像是让对方倾听自己的理由或要求。

门口有人咕咚倒下。信吾缩着肩膀，打算起身。

"菊子，菊子！"

原来是修一在呼唤菊子。他的舌头不灵，某些音发不出来。他酩酊大醉。

信吾筋疲力尽，枕着枕头休息。心悸持续，他抚摩着胸口调整气息。

"菊子！菊子！"

修一不是用手敲门，而是摇摇晃晃地撞门。

信吾本想喘口气再去开门。

可转念一想，又觉得自己起床开门太离谱。

修一呼唤着菊子，像是满怀着爱情的痛苦与悲哀。这种不顾一切的声音，只有在极端痛苦或遭遇生命威胁时才会发出，像稚儿在呼唤母亲，又像呻吟，也像罪恶深重的呼喊。修一用他可怜的坦诚之心跟菊子撒娇。他以为妻子没有听见，掺杂上几分醉意，才发出那般撒娇的声音，仿佛是对菊子的恳求。

"菊子，菊子！"

修一的哀伤也传给了信吾。

自己从未心怀那般爱情的绝望呼唤过妻子，恐怕也从未经历过修一那样的绝望——从外地战场归来时的那般绝望。

信吾竖起耳朵倾听，希望菊子醒来。他希望儿媳听见儿子那般凄惨的呼喊。他也感受到些许羞耻。信吾想，如果菊子不起来的话，他就把老妻保子唤醒。当然最好是让菊子起来。

信吾用脚尖把汤婆子推到床边。春天虽已降临,他却还在使用汤婆子,心跳加速的原因或在于此。

信吾的汤婆子是菊子负责料理的。

"菊子,汤婆子拜托你了啊。"信吾总是这样说。

菊子灌的汤婆子保暖时间最长,注水口也拧得最紧。

不知保子是固执还是身体健康,都这把年纪了却不爱使用汤婆子。她的脚总是热乎乎的。五十多岁时,信吾还靠妻子的肌肤取暖,近年才分的床。

保子的脚从未伸向信吾的汤婆子。

"菊子!菊子!"又传来了敲门声。

信吾拧开枕边的灯,看了看表,快两点半了。

横须贺线的末班电车抵达镰仓是凌晨一点之前。修一到站后,又去站前的酒馆里厮混了。

方才听见修一呼喊,信吾心想,看来跟东京的那个女人应该分手了。

菊子起来,从厨房里走出去。

信吾这才放心熄了灯。

"原谅他吧!"信吾喃喃自语,却又像是说给菊子听。

修一像是扶着菊子的肩膀进了屋。

"疼!疼!你放手啊!"菊子说,"你的左手抓到我的头发啦!"

"是吗?"

两人缠作一团倒在了厨房里。

"不行！别动……放在我膝上……醉了，脚都肿了。"

"脚肿了？胡说吧？"

菊子像是把修一的腿脚放在自己膝上，帮他脱了鞋。

菊子原谅他了。信吾不用牵挂了。夫妻间，菊子也这么宽容，毋宁说令人宽慰。

也许菊子也真切地听见了修一的呼喊。

修一是从情妇那里喝醉酒回来的。信吾感受到菊子的温存，她竟然把修一的腿脚抱起来放在膝上，给他脱鞋子。

菊子让修一躺下后，去关厨房门和大门。

修一的鼾声震天，连信吾都听得见。

被妻子迎进屋的修一很快就睡着了。陪修一喝到烂醉的女人绢子，此时是怎样的状况呢？修一在绢子家里动辄醉酒撒野，整得绢子伤心哭泣。

因修一认识了绢子，菊子经常给人以面色煞白的感觉，可腰围却丰满了。

❖ ❖ ❖ ❖

修一的打鼾声不一会儿停止了，信吾却难以入眠。

信吾心想：难道保子打鼾的毛病也遗传给了儿子吗？

不对，想必是今晚饮酒过量的缘故。

信吾最近也未听见妻子的鼾声。

严寒之中，保子照旧酣然入睡。

信吾却睡眠不足，翌日记忆力更坏，时而感伤不已。

或许，信吾就是在感伤中听见修一呼唤菊子的。修一仅仅是舌头不灵吗？显然是借酒装疯来掩饰自己羞愧的丑态。

在那含混不清的言语中，信吾感受到修一爱情的痛苦和悲哀，而他感受到的不过是自己对修一寄予的期望。

不管怎么说，呼喊声使信吾原谅了修一。他相信菊子也原谅了修一。信吾想到了亲情骨肉的利己主义。

信吾对儿媳菊子的温存，说到底还是在偏袒亲生儿子。

修一丑恶。他在东京的情妇那里喝醉酒，回来倒在自家的门前。

假如信吾出去开门，皱起眉头，修一可能就酒醒了。幸亏是菊子开的门，修一才抓住菊子的肩膀装模作样。

菊子是修一的受害者，同时也是修一的赦免者。

二十岁出头的菊子同修一的夫妻生活，要熬到信吾和保子的年纪，还得有多少次赦免和宽恕呢？菊子能无止境地宽恕吗？

话说回来，夫妇原本就像令人惊悚的沼泽，不断吞没彼此的恶行。不久的将来，绢子对修一的爱或信吾对菊子的爱，诸如此类都会不留痕迹地被修一和菊子夫妇这块沼泽地吞没。

信吾认为，战后的法律将以父子为单位的家庭改为以夫妻为单位是英明的。

"就是说,是夫妇沼泽。"信吾自言自语。

"让修一另立门户吧。"

也许由于年龄的关系,信吾对于心中所想,总是不由自主地自言自语。

"夫妇沼泽啊。"

这自言自语的意思是,夫妇俩须容忍对方的恶行,深陷沼泽地。

所谓妻子的自觉,始自直面丈夫的恶行。

信吾眉毛发痒,用手蹭了蹭。

春天临近。

半夜醒来,也不像冬天那样烦人。

被修一的呼喊搅醒前,信吾曾在梦里惊醒。当时的梦清晰可忆。可是被修一吵醒后,梦里的情景几乎忘了个干净。

或许由于自己心脏悸动,梦里的记忆被清除殆尽了。

留在记忆里的,仅有一个十四五岁少女堕胎的事和一句话——"于是,某某女孩儿成为永恒的圣女"。

信吾读过一部物语①,这句话是那部物语的结语。

信吾在梦中读物语的同时再现了那个故事,就像戏剧或电影。信吾自己并没有在梦中登场,他完全处于一个观赏者的立场。

十四五岁堕胎,竟是圣女,让人诧异。而且,这部物语

---

①物语:故事,此处代指故事集。

是长篇故事。信吾在梦中读了一部物语名作，描写少男少女的纯真爱情。读完，醒来后还残留着感伤的心绪。

故事中的少女不知道自己怀孕，也没想到堕胎，只是一味恋慕被迫分离的少年。哪里有自然和纯洁可言？

忘却的梦无法恢复，阅读这部物语的情感亦恍若梦境。

梦中的少女应有名字，自己也应见过，可现在只知少女的身段，准确地说是瘦小的身材，留下朦胧记忆的只有这些。少女好像穿的和服。

信吾以为梦见的少女恰似美丽的保子姐姐，细细想来却又不像。

梦的出处，不过是昨日晚报的一则报道。

大标题是"少女产下孪生儿，青森奇闻"，内容如下：

> 据青森县公共卫生科调查显示，县内依据《优生保护法》实施堕胎者：十五岁五名；十四岁三名；十三岁一名；处于高中生年龄段的十六岁至十八岁者四百名，其中高中生占百分之二十。初中生妊娠者：弘前市一名，青森市一名，南津轻郡四名，北津轻郡一名。另因性知识缺乏，虽经专业医生诊治，仍有百分之零点二的妊娠者死亡，百分之二点五的妊娠者留下了严重后遗症，后果可怕。令人更加寒心的是，有人经非指定医生诊治后死亡（年少的母亲失去了生命）。

报道中还列举了四例相关的分娩实例。

北津轻郡十四岁的初中二年级学生，去年二月阵痛后产下孪生子，母子平安。年少的母亲现在上初中三年级。父母不知情。

青森市十七岁的高中二年级学生，与同班男生私订终身，去年夏天怀孕。双方父母认为少男少女还是学生，让做流产手术。少年却说："我们不是闹着玩儿的，我们最近就要结婚。"

…………

这样的新闻报道刺激了信吾，他入眠后就做了少女堕胎的梦。

然而，信吾在梦中并没有将少男少女的性事看作丑恶或恶行，而是将其看作纯真的爱情故事——"永恒的圣女"。入睡之前，他压根儿没想过这类事。

信吾受到的刺激在梦中变成非比寻常之美。这是为什么呢？也许，信吾在梦中拯救了堕胎的少女，也拯救了自己。

总之，梦中呈现的是善意。

信吾反思了自己，莫非自己的善意在梦中获得了觉醒？

或是衰老中闪烁的青春依恋使自己梦见了少男少女的纯真爱情。信吾陶醉在感伤之中。

或许这梦后的感伤使信吾怀着善意倾听修一那呻吟般的呼唤，且在呼唤声中感受到了爱情的痛苦与悲哀。

◆◆◆◆

翌晨,信吾在被窝里听见菊子摇醒了修一。

最近信吾常常早起,惹人烦。爱睡懒觉的保子劝道:

"上年纪了啊。逞强和早起是会招人烦的啊……"

信吾也明白,不该比儿媳菊子起得还早,因此他总是蹑手蹑脚地打开玄关门,取了报纸又躺回被窝里悠然地阅读。

修一像是去了盥洗室。

他想刷牙,可牙刷放进嘴里像是感觉不适,发出恶心的干呕声。

菊子碎步跑进了厨房。

信吾已起床,在走廊遇见从厨房折回的菊子。

"哦,爸爸。"

菊子停下来,险些与信吾撞个满怀,她脸上泛起了红晕,右手拿着的杯子洒出了一点儿液体。菊子一定是去厨房取冷酒,拿来解修一的宿醉。

她没有化妆,有些苍白的脸庞泛红了,惺忪的睡眼泛出羞涩,素颜的薄唇间露出美丽的牙齿。她羞怯地嫣然一笑,给信吾以异常可爱的感觉。

菊子身上竟然残留着幼时的纯真。信吾想起了昨夜的梦。

然而仔细想来,报纸上那般年龄的少女结婚生子,也没什么稀奇的。昔日早婚的情况不胜枚举。

信吾自己也是如此啊。少年时期，就深深地恋慕保子的姐姐。

菊子知道信吾坐在客厅里，便慌忙打开了那里的雨窗。

早晨的阳光射入，春意盎然。

菊子惊讶于阳光的灿烂。她觉察到信吾在身后盯视着自己，便双手举过头顶，将睡乱的头发一把束了起来。

神社的大银杏树尚未抽芽，晨光里鼻子却嗅到了嫩叶的芳香。

菊子利落地梳妆完毕，端来了玉露清茶。

"请吧，爸爸，上茶晚了。"

信吾起床后便喝开水沏的玉露茶。水太热反而难沏，菊子掌握火候一流。

信吾心想，若是未婚姑娘给沏茶，真是胜似神仙哪。

"给醉汉解酒，还要给老朽玉露茶，菊子也太忙啦。"信吾打趣道。

"哎哟，爸爸，您都知道啊……"

"我醒了啊。起初以为是阿照在哼哼呢。"

"是吗？"

菊子低头坐了下来，好像无力站起。

"菊子还没醒，我就醒了啊。"房子在隔扇的对面插言道，"哼哼得太难听了啊，怪吓人的。阿照不叫，我就知道是修一。"

房子穿着睡衣走进客厅，小女儿国子叼着乳头……

房子其貌不扬，乳房却是色泽白嫩，漂亮非凡。

"喂，瞧你这副邋遢模样，像话吗?"信吾说。

"相原邋遢呀，莫名其妙我也邋遢。嫁给邋遢汉，还能不邋遢吗?"房子一边将国子从右乳房倒换到左乳房，一边执拗地说，"讨厌女儿邋遢，当初就该调查清楚女婿是不是个邋遢的人。"

"男人和女人一样吗?"

"一样啊，您瞧修一。"

房子正要去盥洗室。

菊子伸出双手，房子顺手将小女儿塞给了她。孩子哭了起来。

房子也不理睬，径自朝里边走去。

保子洗了脸后走过来。

"来吧。"保子接过小外孙女。

"这孩子的父亲不知怎么想的，大晦日让房子回娘家，已经两个多月了。老头子你说房子邋遢，可你在关键时刻不也是一个德行吗？大晦日那晚你说：'嗯，也好啊。分明是情分已断。'可照样糊里糊涂地拖延。相原也不给个说法……"保子望着怀里的婴儿说，"听修一说，你雇的那个叫谷崎的孩子是半个寡妇呢。那房子算什么？半个媳妇？……"

"什么叫半个寡妇?"

"还没结婚，心爱的人就战死了。"

"可谷崎在战争期间还是个孩子呀……"

"虚岁十六七了吧,准有心上人了啊。"

信吾感觉意外,保子居然会说出"心上人"这样的词。

修一没吃早饭就走了,像是心情不好。时间也确实晚了。

信吾一直在家里磨蹭,直到上午邮差来。菊子将信摆在信吾面前,其中一封是写给菊子的。

"菊子。"信吾把信递给了菊子。

也许,菊子没看收件人的名字,就统统拿来给了信吾。菊子难得有信,她也从不等信。

菊子当场读信,随后说:

"是朋友的来信,说她做了人流,术后不好,住进了本乡的大学附属医院。"

"哦?"

信吾摘下老花镜,望着菊子的脸。

"黑心产婆做的人流吗?多危险啊!"

信吾诧异此般巧合——晚报报道、今早的信,还做了堕胎的梦。

信吾感受到某种诱惑——想把昨晚的梦告诉菊子。

然而他只是凝望着菊子,难于启齿,仿佛心中荡漾着青春。他突然联想到菊子是不是也怀孕了,想做人工流产。信吾愕然。

◆◆◆◆

电车通过北镰仓的山谷。

"梅花盛开啦!"

菊子新奇地向车窗外眺望。

北镰仓在电车车窗经过的近处,种植了许多梅花。信吾每天可见,却熟视无睹。

"咱家院里的,不也开花了吗?"信吾说。

院里仅有两三株梅树。信吾心想,菊子今年也许是第一次看见梅花。

菊子难得收到一封来信,也难得出趟门,充其量步行到镰仓街购物。

菊子要去大学附属医院探友,信吾和她一起出了门。

修一的情妇就住在大学附近,信吾有点儿放心不下。

一路上,信吾真想问问菊子是不是怀孕了。

本来不是什么难于启齿的事情,信吾却错过了说话的时机。

若干年前,妻子保子就不再跟他谈起女人生理上的事情。情绪多变的更年期一过,保子就变得少言寡语了,想必之后就不是健康的问题,而是绝经的问题了。

保子完全不谈,信吾便也忘却了。

信吾想探问菊子,才想起保子的事情。

倘使保子知道菊子要去医院的妇产科,想必也会叫菊子顺便去查查。

保子也跟菊子谈过孩子的事,信吾也见过菊子忧心忡忡地倾听的情景。

菊子肯定也对修一坦陈过自己的身体状况。女人绝对需要向男人述说。信吾的一个朋友曾经告诉他,女人如果另有了男人,就不大愿意跟自己的丈夫坦陈了。信吾记着这句话且十分信服。

女人的事,就算是亲生女儿也不会对父亲坦陈。

迄今,信吾和菊子都避免谈及修一的情妇。

假如菊子怀孕了,表明菊子受修一情妇的刺激而逐渐成熟。信吾觉得这种事情令人生厌,人怎么能成为这个样子?所以他感觉,跟菊子探询孩子的事,未免有点儿见不得人的残忍。

"昨天雨宫家的老爷子来了,您听妈妈说了吧?"菊子冷不丁地问道。

"没有啊,没听说。"

"他说东京那边接收了,他是来辞行的。他要我们照顾阿照,还送来了两大袋饼干。"

"喂狗的?"

"嗯,大概是喂狗的吧。妈妈也说了,一袋人可以吃。据说雨宫家的生意兴隆,扩建了,老爷子很高兴的样子呢。"

"是啊。商人都是这样,快速卖了房子又快速盖新房。我们却是十年如一日啊。每天都坐横须贺线的电车，早都坐烦了啊。前些日子餐馆里老人吃饭、聚会，都是些几十年如一日干着同样工作的人，早都腻烦了啊，苦不堪言。都是些该受'迎接'的人了啊。"

菊子一时不解"迎接"为何意。

"就是说，迎到阎罗那儿啊。可我们的部件无罪。这人的部件，在人活着的时候要受到惩罚，不是很残酷吗？"

"可是……"

"没错。什么样的时代、什么样的人，能整个人生活出个人样儿？这也是个疑问哪。比如在那家饭馆看鞋子的，把客人的鞋子收起来、拿出来就是每一天。有个老人信口说，部件用到这份儿上反倒轻松了。可是问那女侍，她说看鞋的老爷子也累得不行呢。他的工作间四面是鞋架，如地窖一般，他每天叉开腿一边烤火，一边给客人擦鞋。玄关处的地窖冬冷夏热。咱家的老太婆不是也喜欢养老院的话题吗？"

"妈妈吗？妈妈是信口一说，跟年轻人爱说的'想死'不一样。"

"她说蛮有把握活得比我久。你说的年轻人指谁呢？"

"指谁呢……"菊子支吾其词，"朋友的信上也写了呢……"

"今早的信？"

"嗯。她还没结婚呢。"

"唔。"

信吾不再接话，菊子也说不下去了。

电车开出了户塚，户塚到保土谷之间的路程不短。

"菊子！"信吾喊了一声，"我早就想过……你和修一不考虑搬出去住吗？"

菊子盯住信吾的脸，等他继续说，然后抱怨似的说：

"为什么呢，爸爸？……因为姐姐回了娘家吗？"

"不是的，同房子没有关系。房子以半离婚的方式回了娘家，过意不去，让菊子你受苦了。但她即使与相原离了婚，在家里也不会久住。房子是另一码事，我说的是菊子你俩的问题，你们自立门户不好吗？"

"不。让我说，爸爸对我好，我愿意跟爸爸住在一起。离开爸爸的身边，谁给菊子撑腰啊？"

"你说得爸爸很感动啊。"

"嗯，我跟爸爸撒娇呢。我是家里最小的，撒娇惯了，在娘家也是老爸疼我。我喜欢和爸爸住在一起。"

"娘家爹疼爱你，我早就知道。我也是啊，有菊子你在身边，不知心里有多踏实啊。你若出去住，我会寂寞死……可是修一做出了那种事，我一直没跟你商量。我这个父亲不配和你一起住。你俩单独出去住，有问题你俩自己解决，或许更好啊……"

"不。爸爸什么都不说我也明白，爸爸为我担忧，抚慰我，我就是靠着爸爸才能这样生活……"菊子的大眼睛里噙满了泪珠，"自立门户，我会害怕。我无法想象一个人静静地待在家里，我会寂寞、悲伤、恐惧……"

"一个人等待是难受。不过,这种话没法在电车里说,先想想吧。"

菊子或许是真的害怕,肩膀仿佛在战栗。

在东京站一下车,信吾就叫了出租车把菊子送往本乡。

可能由于亲生父亲一直这样疼爱,或是刚才有点儿意乱情迷,菊子似乎觉得一切自然而然。

这种时候,未必会在路上遇见修一的情妇,但信吾感觉存在那样的危险,于是停车后目送着菊子走进了大学附属医院。

春 钟

正值樱花花期，镰仓适逢佛都七百年祭，寺庙的钟声终日鸣响。

信吾有时听不见钟声。菊子站着干活儿或跟人说话时都能听见，而信吾必须竖起耳朵才能勉强听见。

"听，"菊子告诉信吾，"又敲响了啊。您听啊。"

"哦？"信吾歪着脑袋对保子说，"老太婆，你听见了吗？"

"听见了呀。那么响都听不见吗？"

保子不愿搭理，她将五天的报纸摞在膝上慢慢阅读。

"响了，响了。"信吾说。

听见一次，之后就容易听见了。

"听见了，你就那么高兴吗？"

保子摘下老花镜，望了望信吾。

"庙里的和尚成天撞钟，也够累的啊。"

"撞一次十日元呢，那是让香客撞的，哪里是和尚撞嘛。"

菊子说。

"这真是个好办法啊。"

"人称'供养之钟'呢……计划让十万甚至百万人撞呢。"

"计划?"

信吾觉得这说法滑稽。

"不过寺院的钟声阴沉,不好听。"

"是吗?是阴沉啊……"

信吾正想,四月选个星期天,在客厅里观赏樱花,同时聆听钟声,那多悠闲自在啊。

"所谓七百年,什么七百年啊?大佛也七百年,日莲上人①也七百年。"保子问道。

信吾无法回答。

"菊子不知道吗?"

"嗯……不知道。"

"真可笑。我们还是镰仓的住民……"

"妈妈,您膝上的报纸,有什么新闻吗?"

"也许有吧。"

保子把报纸递给菊子,报纸整齐地叠摞在一起,自己手上仅留了一份。

"对了,我好像也在报纸上看到过,一读到老夫妻离家出走的消息,就会感同身受,始终萦回在脑中。你也读了那条消息吗?"

---

①日莲上人:1222—1282,日本镰仓时代的僧人,日莲宗开山鼻祖。

"嗯。"

"日本划艇协会的副会长,有日本游艇界恩人之称……"

保子念报纸文章的开头,然后换成了自己的话。

"他是社长,创建了快艇·赛艇公司,六十九岁,夫人六十八岁。"

"这为何让人感同身受呢?"

"上面刊登了他写给养子夫妇和孙儿的遗书。"

保子开始念报纸。

"想到活着却被世间遗忘的凄凉,就失去了活下去的勇气。我们完全理解高木子爵①的心情。他在给养子夫妇的遗书中写道:一个人在众人的爱戴中消失是莫大的幸福。我们应该在家人的深爱中,在许多朋友、同辈、后辈的友情中离去。他在给孙儿的遗书中则写道:日本的独立虽指日可待,却前途黯淡。惧怕战争惨祸的年轻学生若渴望和平,就必须贯彻甘地式的不抵抗主义。我们已经年迈,对于朝向自己坚信的正确道路前进并提供指导,已力不从心。徒劳地等待那'讨人嫌的年龄',岂非虚度此生?我们希望给孙儿们留下一个好爷爷、好奶奶的印象。我们不知道此行的终点是何处,仅望安眠。"

保子念到这里,沉默片刻。

信吾把脸扭向一侧,凝望着庭院里的樱花。

---

①高木子爵:高木正得(1894—1948),昆虫学家、贵族院议员、子爵。1948年留下遗书后失踪,数月后遗体在山中被发现。

保子一边读报一边说：

"他们离开东京的家，拜访了大阪的姐姐后失踪……大阪的姐姐已八十岁高龄。"

"妻子没有遗书吗？"

"啊？"保子一愣，抬起头来。

"妻子没有留下遗书吗？"

"你说的妻子，是那位老太婆吗？"

"当然啦。两个人一起去死，妻子也应留下遗书嘛。比如你我殉情，你也需要写下遗言什么的吧？"

"我可不需要。"保子断然回应，"男女都写遗书，那是年轻人的殉情啊。两个人不能在一起而悲观绝望……至于夫妻，一般来说丈夫写了就行。我这种人，没有什么遗言需要留下。"

"倒也是啊。"

"我一个人死的话，另当别论。"

"一个人死的话，怨恨、苦恼可就无穷无尽啦。"

"这把年纪，无穷无尽也等同于无啊。"

"老太婆你不想死也不会死，无忧无虑啊。"信吾笑了，"菊子呢？"

"我吗？"菊子略有迟疑，悠悠地小声应道。

"假使菊子你和修一去殉情，你不留下自己的遗书吗？"信吾漫不经心地问，此言一出又觉得糟糕。

"不知道啊。到那个份儿上会是什么情况呢？"

菊子把右手的大拇指插到腰带间，像要松松腰带。她眼望着信吾。

"我觉得要给爸爸留点什么话……"

菊子的眼睛稚气、湿润，最后噙满了泪水。

信吾觉得，保子没有想过死，菊子却未必没有想过。

菊子身体前倾，像要俯身痛哭，却起身离去了。

保子目送着菊子离去。

"奇怪，哭什么啊？歇斯底里，典型的歇斯底里。"

信吾解开衬衫的扣子，将手插进怀里。

"心跳过快吗？"保子问。

"不是，这里发痒，乳头发硬，很痒啊。"

"怎么像个十四五岁的女孩子啊……"

信吾用指尖搓弄左边的乳头。

夫妇自杀，丈夫写遗书而妻子不写。妻子是想让丈夫代写或是写在一起？听保子读报，信吾疑惑且关心的正是这一点。

长年陪伴，一心同体了吗？或是老妻连个性和遗言亦已丧失？

妻子本来没理由去死，却只因丈夫的自杀而殉节。不可思议的是，怎么可以把自己的话包含在丈夫的遗言中呢？难道她自己就没有什么可留恋、可后悔、可迷惘的事情吗？

信吾的老伴竟然也说，殉情的话不需要什么遗书，丈夫写就行了。

一言不发只是跟随男人去死的女人——偶尔也有男女反

过来的情况，不过多数情况是女性跟随男性，那样的女人已然老矣且就在自己的身边，信吾感到一种惊恐。

菊子和修一这对夫妇在一起的岁月尚短，眼前却波澜起伏。

面对这样的菊子，自己却提出残酷的问题：假如菊子和修一殉情，菊子会留下自己的遗书吗？这样残酷的提问，会使菊子痛苦。

信吾也感觉，菊子正面临危险的深渊。

"菊子跟你撒娇呢。她竟然会为那种事掉泪。"保子说，"你心疼菊子，却无法解决关键的问题。就说房子的事吧……不是这样吗？"

信吾望着庭院里盛开的樱花。

那棵大樱树下，八角金盘异常繁茂。

信吾不喜欢八角金盘，本打算在樱树开花前把它清除干净，不料今年三月多雪，随之便到了樱花季。

三年前他曾经清除过一次，没想到长势更猛。当时想过，索性连根拔了，现在证实应该那样做。

信吾受到保子的数落，便更加讨厌八角金盘碧绿的厚叶。要是没有八角金盘的枝叶缠绕，粗大的樱花树干独立，其枝丫的延伸就会畅然无阻，就能枝头低垂、延展四方。不过，即使有八角金盘，它也是树冠庞大的巨樱。

樱树上开满了樱花，令人感叹。

晌午的阳光下，盛开的樱花浮在天空中。色调和形状虽雅致文弱，却给人以布满空间之感。正值盛期，没想到它会凋零。

然而樱花一片一片不断飘零，树下已是成片落英。

"原以为报纸上只有年轻人杀戮或死亡的报道，岂料老年人的事情也会见报，显然还是有影响的啊……"保子说。

保子好像读了两三遍那条关于老年夫妇的消息——"一个人在众人的爱戴中消失……"。

"前些时日报纸上曾有这样一则新闻：六十一岁的大爷想将十七岁的男孩儿送进圣路加医院，男孩儿是小儿麻痹症。大爷背着男孩儿从枥木来到东京观光游览。不料这孩子说什么也不进医院，结果大爷用手巾将他勒死了。"

"这样啊，有这等事儿？"信吾暧昧地应答。他想起自己关心的是青森县少女堕胎的报道，还做了梦。

自己同老妻的差别真是太大了啊。

❖ ❖ ❖ ❖

"菊子！"房子唤道，"这台缝纫机怎么老断线，是不是坏了？你来看看吧。胜家牌，应该是不错的机器。是我的技术出问题了，还是精神问题？"

"机器老旧了吧。我学生时代的制品。"菊子走进了那个房间，"不过这机器认人……姐姐，我替你缝吧。"

"是吗？里子缠在身边，真是烦人，我担心缝到她的手。虽说不可能，但那孩子的手就放在那儿。我看针脚的过程中，眼睛就变得模糊起来，布料和孩子的手在朦胧中仿佛叠在了一起。"

"姐姐，你是太累了……"

"所以是精神问题啊。要说累，菊子你最累啊。这个家里，不累的就是她姥爷、姥姥了。爸爸都年过花甲了，还说什么乳头痒痒，真是笑话。"

菊子到大学附属医院探友，归途给房子的两个孩子买了布料。

房子正在用那布料给孩子缝制衣物，她也因而对菊子抱有好感。

可当菊子取代房子坐到缝纫机前，里子却老大不高兴。

"舅妈给我买的布料，怎么还让舅妈给我缝衣服呢？"

房子一反常态地向菊子道歉：

"真对不起。这孩子在这点上，跟相原一个德行。"

菊子把手搭在里子的肩上说：

"跟外公去看大佛好吗？有金童玉女，还有舞蹈呢。"

在房子的怂恿下，信吾也出了门。

他们走在长谷大道上，看见香烟铺门口有一山茶花盆栽。信吾买了一包光明牌香烟，赞赏了那个盆栽。五六朵色彩斑驳的多瓣山茶花绽放着。

香烟铺的老板说，多瓣斑驳的山茶花不好，但他的盆栽只有山茶。他将信吾带到后院。这里有四五坪①见方的菜地，菜地前是成排的盆栽。山茶是棵老树，树干苍劲，仍充满活力。

"花枝不能总缠在树上，便揪了下来。"香烟铺的老板说。

"这样还能开花吗？"信吾探问。

"开了很多啊，只留好的。店铺前的山茶花绽放了二三十朵呢。"

香烟铺的老板说到盆栽经验，还有镰仓人喜好盆栽的传闻。他这一说，信吾想起商店街店铺的窗台上也时常摆放着盆栽。

"谢谢啊，真棒！"

信吾刚要走出店铺，香烟铺的老板又说：

"没什么好东西，后面的山茶还说得过去……一个盆栽也得负责任，不能让它枯萎，还要长得好看，对于懒人倒是一剂良药啊。"

信吾边走边点燃一支刚买的光明牌香烟。

"烟盒上有一尊大佛，想必是为镰仓制作的香烟。"信吾说着将烟盒递给了房子。

"让我看看。"里子跷起脚抢了过去。

"去年秋天，房子你离家出走，去过信州吧？"

"哪里是什么出走？！"房子顶撞了信吾一句。

"那时候，在乡村的老家看过盆栽吗？"

"没看过。"

---

①坪：面积单位，1坪约合3.3平方米。

"是啊。四十年前的事了。老家你外公喜欢盆栽呢，就是你妈她爹啊。你妈不会侍弄，大大咧咧，所以你外公喜欢你大姨，让她去管盆栽。你大姨是个美人，跟你妈简直不像姐妹。在一个盆栽架上堆满积雪的早晨，你大姨蓄着素朴的短发，身着红色的元禄袖①和服，尽力地清除花盆上的积雪。那身姿如今我也历历在目，清新无限，美妙绝伦。信州寒冷，呵出的气是白色的。"

白色的气体显现出少女的温柔。

时代不同，房子的感觉是与己无关，信吾则突然陷入了回忆。

"刚才的山茶花，少不了三四十年的精心栽培。"

树龄更长。在花盆里要栽到树干长出树瘤，不知得花多少年啊。

保子的姐姐死后，供奉在佛堂里的枫树盆栽会有人照料，不会枯死吧？

◆◆◆◆

三人来到寺内，适逢童男童女的队列走在大佛前的石道上。他们看着像是走了很远的路程，有的已面露倦容。

---

①元禄袖：日本少女的一种和服，袖短，袖口呈圆形。

房子抱起里子,站在人墙的后面。里子目不转睛地看着身穿华丽的长袖和服的童男童女。

听说这里有一块与谢野晶子①的诗碑,他们走到后院,石碑上刻有大字,像是晶子的手笔。

"还是那首'……释迦牟尼'啊。"信吾说。

这首脍炙人口的和歌,房子竟然不知道,信吾有些沮丧。晶子的和歌是:镰仓有大佛,美男哉,释迦牟尼。

"其实,大佛并非释迦牟尼,而是阿弥陀。以讹传讹,诗歌也被改了。流行的诗歌里均为释迦牟尼,如今若改成阿弥陀佛或什么大佛,音韵不谐,佛字又重叠。但是以讹传讹被刻在诗碑上,毕竟有误啊。"

诗碑旁边围着幕布,有淡茶招待。房子带了菊子给她的茶券。

信吾望着露天茶的色泽,以为里子想喝,但里子只是一只手抓住了茶碗边。那是点茶用的一只普通茶碗,信吾帮她捧住茶碗说:

"很苦哩。"

"苦吗?"

里子喝茶之前,做出一副很苦的表情。

跳舞的少女涌进幕布内,半数少女落座于入口的折椅上,其余的女孩子拥挤成一团。她们浓妆艳抹,穿着各色各样的长袖和服。

---

① 与谢野晶子:1878—1942,日本女诗人。

少女们的后面，两三棵小樱树樱花盛开。花色不及长袖和服艳丽，略呈雅淡。对面高高的绿树上阳光普照。

"水，妈妈，我要喝水。"里子一边观看跳舞的少女一边说。

"这里没有水，回家再喝吧。"房子抚慰了一句。

信吾忽然也想喝水。

三月的一天，在横须贺线的电车上，信吾看见一个和里子一般大的女孩儿站在品川站月台上的自来水管旁喝水。她一拧开水龙头，水就往上冒，女孩儿受到惊吓却笑了起来，那笑脸可爱至极。她母亲给她调了调水龙头。目睹女孩儿美滋滋饮水的神态，信吾感受到今年春天的到来。这是信吾的回忆。

看到这群身着舞装的少女，里子和自己都想喝水，这是什么道理呢？信吾正想着，里子又吵吵起来：

"衣服，买衣服，我要好看的衣服。"

房子站起身来。

在跳舞的少女们的中央，有一个看上去比里子大一两岁的女孩儿，她眉毛短粗低描，样子挺可爱的。两只圆铃般的眼睛，眼角处抹着腮红。

房子牵着里子的手，里子盯着那个女孩儿。向幕布外面走时，里子就想靠近那个女孩儿。

"衣服，买衣服。"里子不停地嚷嚷。

"好看的衣服啊，里子的七五三①，外公说了给你买。"房

---

①七五三：日本孩子在3岁、5岁、7岁时举行的祝贺仪式。

子话里有话。

"这孩子生下来还没穿过和服呢。襁褓都是用旧浴衣改的,由旧和服的碎片拼接起来的呀。"

信吾在茶铺小憩,要来饮用水。里子咕嘟咕嘟喝了两杯。

他们从大佛寺院里出来,走了一段路程。一个身穿和服的小舞女被母亲牵着,像要匆匆回家。她们走过里子的身旁,信吾心想糟了,赶紧搂住里子的肩膀,可是为时已晚。

"衣服。"里子要抓那女孩儿的袖子。

"讨厌!"那女孩儿躲闪开,却踩住了长袖摔倒了。

"啊!"信吾惊呼,用双手捂住了脸。

女孩儿被车轧了,好像有许多人同时惊呼。信吾却只听得见自己的呼喊。

车子一个急刹车,三四个人从过度惊吓呆立的人群中跑向前去。

女孩儿很快爬起身,紧紧抓住母亲的衣服下摆,"哇哇"大哭起来。

"幸运,太幸运了。幸亏是高级轿车,刹车好。"有人说。

"要是你那辆破车,女孩儿早就没命了啊。"

里子像抽风似的直翻白眼,面容恐怖。

房子一味向女孩儿的母亲赔礼:"孩子受伤了吗?长袖和服破了吗?"那位母亲却呆若木鸡。

身着长袖和服的女孩儿止住了哭泣,浓厚的白粉斑驳脱落,眼睛却像洗过一般闪亮。

信吾默默地走回了家。

听到婴儿的啼哭,菊子哼着摇篮曲出来迎接。

"对不起,让孩子哭了,我还是不行啊。"菊子对房子说。

或许受到妹妹的哭声诱发,还是因为回到家里松缓了紧张情绪,里子也"哇哇"哭了起来。

房子不管里子,从菊子手里接过孩子后敞开胸怀。

"啊呀,胸口都是冷汗,湿漉漉的……"

信吾微微仰头走过,望了望良宽①的"天上大风"匾额。当时良宽的字画行情不高,后来听人说,才知道是赝品。

"我还看了晶子的诗碑呢。"信吾对菊子说,"晶子的手笔(……释迦牟尼)啊。"

"是吗?"

❖❖❖

晚饭后,信吾独自出门,逛了服装店、旧衣铺。

但是,他却找不到适合里子的和服。

找不到,心里却依然牵挂。

信吾感受到一种暗郁的忧虑……

小女孩看到别家孩子的漂亮和服,居然会那样渴求?

---

① 良宽:1758—1831,江户时代后期的禅僧、歌人。

里子的羡慕、欲望只是比普通孩子略强？还是强烈得异乎寻常？信吾觉得那是一种近乎疯狂的发作。

假如那个穿舞蹈衣裳的孩子被车轧死，此刻会是什么样的情形呢？美丽姑娘身穿长袖和服的姿影，清晰地浮现在信吾的脑海。那样美丽的衣服，不会陈列在这样的店铺里。

可是买不到空手回家的话，信吾觉得马路都是昏暗的。

保子真的只给里子裹用旧浴衣改制的襁褓吗？房子的话语里带着怨艾，恐怕不会是假的。莫非连婴儿服和孩子初次参拜保护神的和服都没给买吗？没准儿当时的房子还希望有一套西装呢……

"忘了。"信吾自语。

这件事莫非保子跟自己商量过？信吾肯定是忘了。但是，倘若信吾和保子更多地关心房子，无才女或许也能生出可爱的外孙女。信吾的脚步沉重，生发出无以推卸的自责。

"若知生前身，便无乞怜老。无有父母亲，何来牵挂儿……"

一首谣曲浮现在信吾心中，但仅仅是浮现，不可能有黑衣法僧的悟性。

"啊，前佛既去，后佛未至，梦中生来，何以为真？偶得难受人身……"

里子伸手去抓小舞女，凶恶、狂暴，这种脾性来自房子的血统，还是继承了相原的血统？若是母亲房子的话，那么是继承了房子的父亲信吾的血统，还是继承了母亲保子的血统？

倘使信吾和保子的姐姐结婚，大概就不会生下房子这样的女儿,也不会有里子那样的外孙女。

出乎意料,信吾又开始缅怀故人,留恋不已。

信吾已六十三岁,二十来岁的故去者比他年长。

信吾回到家时,房子已抱着孩子钻进了被窝……

寝室和客厅之间的隔扇敞着,信吾看得见。

信吾往里边瞧了瞧,保子便说:

"睡了。心跳扑通扑通的,我让她静卧,吃了安眠药睡了。"

信吾点了点头。

"把隔扇关上好吗?"

"嗯。"菊子起身。

里子跟房子背贴着背,好像还睁着眼睛。这孩子话少。

信吾没说自己出去是给里子买和服的。

房子好像也没跟母亲说起里子因想要和服而差点儿惹祸的事。

信吾进了起居室。菊子端来了炭火。

"啊,坐吧。"

"嗯,这就来。"

菊子又走出去,将水壶放在了托盆里。水壶要托盆干吗?其实旁边还放着什么鲜花。

信吾拿起一枝花。

"什么花?像是桔梗呢。"

"说是黑百合……"

"黑百合?"

"嗯,刚才一位做茶道的朋友送的。"

菊子说着打开信吾背后的壁橱,拿来一个小花瓶。

"这就是黑百合吗?"

信吾觉得珍奇。

"朋友说,今年的利休①忌,远州流②本家在博物馆六窗庵举办茶会,茶席上的插花用的就是黑百合和开白花的金银花,插在古铜的细口花瓶里……美不胜收。"

"唔。"

信吾凝望着黑百合。两株,各有两朵小花。

"记不清了。今年春天下了十几场雪来着?"

"真是的,总是下雪。"

"听说初春的利休忌也下了雪,三四寸的积雪呢。黑百合更显珍奇,据说它是高山植物。"

"颜色有点像黑山茶。"

"嗯。"

菊子往花瓶里注水。

"听说今年利休忌,还展出了利休辞世的书籍和利休剖腹的短刃。"

"是吗?你那位朋友是茶道师傅吗?"

"嗯。战争寡妇……早先精通茶道,派上用场了。"

---

① 利休:千宗易(1522—1591),日本安土桃山时代茶人,千家流茶道鼻祖。
② 远州流:日本茶道的流派之一。鼻祖为小堀远州(正一)。

"什么流派?"

"官休庵,就是武者小路①呀。"

不谙茶道的信吾不了解这些。

菊子等着将黑百合插进花瓶,信吾却拿着花不松手。

"这花有点儿蔫了,不会枯死吧?"

"不会,加水了呀。"

"桔梗花好像也耷拉着呢……"

"啊?"

"我觉得这花比桔梗花小,是不是?"

"我也觉得小。"

"乍看是黑色,非也,像深紫色却又不是紫,仿佛浓重地抹了胭脂。明天白天再仔细看吧。"

"阳光辉映下,会透出带红色的紫色。"

盛开的花朵似不足一寸,有七八分吧。六片花瓣,雌蕊尖三叉,雄蕊四五根。叶在茎上间隔约一寸,分几段向四方伸展。百合叶形状小,长度为一寸到一寸五分。

信吾嗅了嗅花无意中说:

"带点儿烂女人的腥臊味儿啊。"

这并非淫乱之意。可菊子的眼皮变红,低下了头。

"这香味让人泄气。"信吾改口说,"你闻闻看……"

"我可不会像爸爸您那样研究……"

---

①武者小路:日本茶道的流派之一。千利休重孙千宗守在京都的武者小路另立分茶室官休庵,其流派被称为武者小路千家流。

菊子把花插进花瓶里。

"按茶会惯例，插四朵花太多。就这样？"

"嗯，行了。"

菊子将黑百合放在了地板上。

"那壁橱放花瓶的地方，放着面具，帮我拿出来好吗？"

"好的。"

因为信吾脑海里浮现出谣曲的一段，所以想起面具来了。

信吾把慈童面具拿在手里。

"据说这是妖精，永恒的少年。买来的时候说过对吧？"

"不记得啊。"

"买这面具，曾让公司叫谷崎的女孩子试了试。惊异！可爱极了。"

菊子把慈童面具贴在脸上。

"这带子是系在后边吗？"

菊子的瞳眸肯定在面具的眼睛后面凝视着信吾。

"动一动，要不就没有表情呀。"

买面具回家那天，信吾忍不住吻那可怜的茜色的红唇，恍若天使邪恋，他顿时觉得心跳不已。

"朽木将埋地，仍具花般风雅心……"

谣曲里似有这样的一句唱词。

菊子戴上美貌少年的面具，摆出各种媚态，信吾不堪目睹。

菊子脸小，下颔几乎全部被罩在了面具下，泪水顺着若隐若现的下颔，两道、三道，不停地流淌过咽喉。

"菊子,"信吾喊了一声,"今天会友时,你是不是一路在想,若是与修一分手,将来就去当茶道师傅?"

戴着慈童面具的菊子点了点头。

"即使分手,我也想住在爸爸您这儿,伺候您品茶。"

面具后面的菊子清晰地说。

里子"哇哇"的哭声突然传来。

阿照在庭院里狂吠。

信吾感觉是不祥之兆。菊子像是在倾听大门那边的动静,惦记周日也去情妇家的修一是否回来了。

鸟　巢

附近寺院的钟声，冬夏两季都是六点鸣响。信吾早晨听到钟声，不论冬夏都会早早起床。

说是早起，不一定离开寝床。或者说，只是早醒罢了。

同样是六点，冬夏大不相同。寺院的钟声一年到头都是六点鸣响。信吾以为一成不变，其实夏日已经高悬。

信吾枕边放着一块大怀表，可是必须点灯，戴上老花镜才能看清，因此他很少看表。不戴老花镜，他无法分辨长针还是短针。

其实信吾没必要看表起床。毋宁说，早早醒来反而无所适从。

冬天六点天不亮，信吾就起床取报纸，不愿睡懒觉。

女佣走了以后，菊子就得早起干活儿。

"爸爸，哎呀，这么早啊……"

菊子说得信吾有点儿尴尬。

"嗯,再睡一会儿。"

"睡去吧,水还没烧开呢。"

菊子起床后有了人气,信吾才觉得踏实。

不知从多大年纪开始的,只要在冬天的早晨摸黑醒来,信吾就有寂寞之感。

春天来临,信吾便在温暖中醒来。

五月过半。今早信吾又听见了晨钟,接着是鸢的啼鸣。

"啊,它还在呢。"

信吾躺在枕头上侧耳静听。

鸢在屋顶上绕了一大圈后,像是飞向了海边。

信吾起床了。

他一边刷牙一边在天空寻觅,却没有找到鸢。

然而稚嫩而甜美的鸣啭,仿佛使信吾家的上空变得柔和而清澄。

"菊子,咱家的鸢叫了吧?"信吾朝厨房喊道。

菊子将冒着热气的米饭盛在饭桶里。

"没留神,没听见啊。"

"还在咱家呢。"

"哦。"

"去年几月份来着?……它也时常鸣叫。大概也是这个季节。没记性了。"

信吾站立观望。菊子解去了头上的缎带。

看样子,菊子有时用缎带束起了头发就寝。

没顾得上合饭桶盖，菊子就急忙去准备给信吾泡茶。

"那只莺在，咱家的画眉理应也在……"

"是啊，还有乌鸦呢。"

"乌鸦……?"

信吾笑了。

莺是"咱家的莺"的话，乌鸦也应是"咱家的乌鸦"。

"原以为这宅邸只有人住，想不到还住着这么多鸟儿啊。"信吾说。

"还有跳蚤和蚊子呢。"

"瞎说。跳蚤和蚊子不是咱这儿的住户，不能在咱家过年。"

"冬天会有跳蚤的啊，也许会在咱家过年呢。"

"你知道跳蚤的寿命有多长？没准儿是去年的跳蚤呢……"

菊子望着信吾笑了。

"那条蛇也到出洞的时候啦。"

"去年吓坏了你的大青蛇吗?"

"是啊。"

"它是这里的主人呢。"

去年夏天，菊子购物回来，在厨房门口看到那条蛇，吓得直哆嗦。

阿照听见菊子的叫声跑过来，发疯似的狂吠。阿照低着头，摆出一副要咬的架势，向后闪了四五尺，旋即又猛扑似的逼近，反反复复。

大青蛇略仰起头，吐出红舌，它根本不理会阿照，慢悠悠地移动，沿厨房的门槛爬走了。

按菊子的说法，蛇的身长有厨房门板宽度的两倍以上，足有六尺多长。蛇身比菊子的手腕还粗。

菊子绘声绘色地描述着，保子却十分冷静。

"它是房主呢。菊子嫁过来好几年之前，它就在这里。"

"要是阿照去咬它，不知道会怎么样呢？"

"阿照必输啊。它可以缠住阿照……阿照心里明白，所以只是叫叫罢了。"

以后好长时间，菊子都心惊胆战，不敢从厨房门出入，改到了从前门进。

大蛇不知藏在了地板下面还是天花板上面，真有点儿令人毛骨悚然。

当然，也可能藏在了后山上。反正难觅踪影。

后山不是信吾的土地，不知道是谁家的。

那后山是逼近信吾家耸立着的一座陡峭的小山。对山中的动物来说，信吾家的庭院可自由出入。

来自后山上的大量花枝、树叶纷纷落到庭院里。

"鸢回来了。"信吾自语，然后扬声招呼菊子，"菊子，鸢好像飞回来了呀。"

"真的呢，这回听见了。"

菊子抬头望望天花板。

鸢的啼鸣持续了好一阵子。

"刚才又飞走了吧？飞向海边……"

"听声音像是飞向了大海……"

"那是去海上觅食,还会回来的。"

菊子这样说,信吾也觉得有道理。

"在它看得见的地方放些鱼饵怎么样?"

"阿照会吃掉的。"

"放在高处嘛。"

去年、前年,信吾一觉醒来,都听见鸢的啼鸣,感受到一种怜爱之情。

看来不仅是信吾,"咱家的鸢"这句话在家人中间也已经通用了。

然而信吾确实不知道,鸢到底是一只还是两只。只记得有一年,两只鸢在屋顶上的天空比翼双飞。

再说,果真是同一只鸢连续几年发出鸢鸣吗?莫不是它的后代?会不会是母鸢故去,子鸢悲鸣呢?信吾今天早晨第一次产生了这样的想法。

信吾他们并不知道,老鸢已在去年死去,今年啼鸣的是新鸢。他们一直以为还是家中的那只老鸢。有趣的是,信吾是在梦境与现实的交替中听见了鸢鸣。

镰仓小山多,这只鸢却偏偏选中信吾家的后山栖息,真是不可思议。

常言道:"难遇得今逢,莫知已相闻。"鸢或许也是这样。

人和鸢共生,鸢只为让人听见它那可爱的鸢鸣。

◆◆◆

菊子和信吾是家里起床最早的,早晨两人总是有话可谈。而信吾和修一无所顾忌地谈话,则是在一起乘电车往返的途中。

信吾心想,电车驶过六乡的铁桥,看到池上的森林,就距离公司不远了。信吾已经习以为常,喜欢在早晨的电车上领略池上的森林。

然而,他发现几年来习以为常的大森林里有两棵松树,却是最近的事情。

唯独这两棵松树苍劲挺拔,仿佛要拥抱对方似的。两棵树的上半身相互倾斜靠近,树梢几乎拥抱在一起。

森林里就数这两棵松树挺拔,要不要看都会映入眼帘。可信吾迄今并没有觉察。一旦觉察,两棵松树必定首先进入视野。

今天早晨风雨交加,两棵松树隐在了雨雾中。

"修一!"信吾喊道,"菊子到底哪儿不好?"

"没什么不好啊……"

修一在阅读周刊杂志。

他在镰仓车站买了两本杂志,递给了父亲一本。

"到底是哪儿不好啊?"信吾缓和了语气重复道。

"说是头痛。"

"是吗?老太婆说,昨天菊子去东京,傍晚回家,躺倒就睡了。一反常态啊。老太婆觉得,她大概在外面发生了什么,连晚饭都没吃。你九点回来,到房间她就压低声音哭了起来……"

"过两三天就好了,没什么大不了的。"

"是啊。头痛哭什么啊?今天也是,天刚亮就哭了起来……"

"啊?"

"说是房子给她送吃的,她却极端反感房子进屋,把脸捂起来……房子一个劲儿地劝说。我就想问你,这到底是怎么回事儿?"

"怎么好像全家人都在打探菊子的动静。"修一翻了翻眼珠说,"菊子偶尔也会生病的呀。"

信吾有点儿恼火了。

"所以问她生了什么病啊。"

"流产呗。"

修一不管不顾地一吐为快。

信吾愕然,眼望着前面的座席。两个美国兵压根儿不懂日本话,所以他和修一可以随心所欲地说话。

信吾的声音嘶哑。

"让医生瞧过了吗?"

"瞧过了。"

"昨天?"信吾愣愣地嘟囔了一句。

修一也不再阅读杂志。

"是的。"

"当天就回来的吗?"

"嗯。"

"你让她那样做的吗?"

"她自己要做的。她才不听我的话呢。"

"菊子自己要那样做的?胡说八道!"

"真的啊。"

"为什么呢?为何会让菊子有那种想法呢?"

修一默不作声。

"你的问题啊!不是吗?"

"也许是吧。她在赌气,说此刻无论如何不要。"

"你若制止,可以避免的啊。"

"这种时候,不行吧?"

"我说,这种时候是什么意思?"

"爸爸您心知肚明啊。就是说我现在这样,她不想要孩子。"

"就是说,在你偷情期间?"

"嗯,就算是吧。"

"就算是吧?你什么意思啊?"

信吾盛怒,胸口发堵。

"那是菊子的半自杀啊。你不懂吗?与其说是在对你表示抗议,莫如说是她自己的半自杀。"

修一畏惧信吾来势汹汹的责骂。

"你扼杀了菊子的灵魂,无可挽回。"

"菊子的灵魂太犟呢。"

"她是女人啊,你的妻子呀,不是吗?你态度温存、体贴一点儿,菊子会高高兴兴地生下孩子。情妇问题就另当别论。"

"怎么可能另当别论。"

"菊子心知肚明,保子盼望抱孙子。可菊子迟迟怀不上孩子,她觉得脸上无光。她想要自己的孩子却无法生孩子,因为你扼杀了她的灵魂。"

"有点儿道理,菊子似乎有自己的洁癖呢。"

"洁癖?"

"她好像不愿意怀上孩子……"

"哦?"

这是夫妇之间的事。

修一会让菊子感到如此屈辱和嫌恶吗?信吾有点儿怀疑。

"难以置信啊。我不认为菊子那样的言语行为发自本心。丈夫怎么会把妻子的洁癖当作问题?此乃浅薄爱情的证据。哪个男人会真正在乎女人的任性?"

信吾带有几分沮丧。

"你妈妈如果知道丢失了一个孙子,会发难的。"

"不过妈妈也安心了,知道菊子也能怀上孩子。"

"说什么呢,你能保证今后菊子还能生下孩子吗?"

"可以保证啊。"

"这说法正是无畏天惩、缺少仁爱的证明。"

"您的说法太难懂了。哪会是那么复杂的事情?"

"当然复杂啦。你想想，菊子怎么会哭成那副模样？"

"我也想要孩子啊，可现在两人的状态都不好。这种时候，我想生不出像样的好孩子。"

"我不懂你说的状态是什么。菊子的状态不错啊，状态不好的是你自己。菊子不是那样的天性，她没有什么状态不好的时候。你没有打消菊子的妒忌，这才是失去孩子的原因。或许还不仅仅是失去孩子……"

修一惊讶地凝望着信吾的脸。

"你瞧你那个德行，在情妇那里喝得烂醉，回到家皮鞋沾满泥巴，把脚架在菊子腿上让她给你脱鞋……"信吾说。

❖❖❖❖

这天，信吾为公司办事去了银行，跟那里的朋友一起吃午饭。谈话一直到下午两点半前后，而后在饭馆给公司挂了个电话，便径直回家。

菊子抱着国子坐在走廊上。

信吾提前回家，菊子慌了手脚，急忙要站起身来。

"没事，坐着吧。你不躺着休息，行吗？"信吾说着也走到了走廊上。

"没事。我正想给孩子换尿布呢。"

"房子呢?"

"她带着里子去邮局了。"

"把孩子交给你,她上邮局有什么事吗?"

"等一会儿啊,先给外公拿替换的衣裳。"菊子对幼儿说。

"不用、不用,先给孩子换尿布吧。"

菊子笑着仰脸望了望信吾,唇际露出一排齐整的细齿。

"外公说先给国子换呢……"

菊子身着宽松艳丽的铭仙绸和服,系着窄腰带。

"爸爸,东京的雨也停了吧?"

"雨嘛,在东京站乘车时还下着呢。下车就转晴了。究竟从哪一带开始放晴的,我没留意。"

"镰仓也下了,刚停,停了姐姐才出去的。"

"山上还湿漉漉的呢。"

菊子把幼儿放在廊下。幼儿抬起脚,双手抓住脚趾,她的脚比手更好使。

"来、来,乖乖在看山呢。"

菊子说着擦拭了幼儿的胯间。

美国军用飞机低低地飞来,轰鸣声惊到了孩子。菊子抬头望山,却看不见飞机。可是那巨大的机影却在后山的斜坡上一掠而过,想必孩子也看到了。

信吾被孩子的目光打动了——无邪的惊讶在眼睛里闪烁。

"孩子不知空袭。很多新生的孩子不懂得战争。"

信吾凝视着国子的眼睛,她闪烁的目光变得柔和起来。

"要是把国子的眼神拍成照片就好了,把后山上的机影也拍进去,接着再拍一张(幼儿在遭飞机轰炸后惨死)……"

信吾欲言又止,他想到昨日菊子刚做了人工流产手术。

空想的两张照片中的幼儿,肯定是不计其数的现实存在。

菊子把国子抱起来,一只手团卷起尿布,走到浴室里去了。

信吾返回了客厅,他明白自己是因为惦记菊子才提前回家的。

"这么早回来啊。"保子也走了进来。

"刚才你在哪儿呢?"

"洗头。雨过天晴,一晒头就发痒。上了年纪的人,头动不动就发痒。"

"我头不怎么发痒呢。"

"你聪明,脑瓜灵呗。"保子说着笑了,"我知道你回来了,但一洗完头就出来,怕吓着你,被你骂啊。"

"老太婆洗完头后头发披散,干脆剪了,弄个茶刷式圆发型……"

"也行,可茶刷式并不仅限于老太婆啊。江户时代,男人女人都是这发型,将短发拢到脑后束起,再将束起的发端剪成竹刷状。歌舞伎里就有这种发型。"

"不要束在脑后,剪短垂下就行。"

"那也行啊。不过,咱俩的头发都很多。"

"菊子起来了吗?"信吾低声问。

"嗯,起来一会儿了……脸色不好啊。"

"别让她照管孩子了。"

"房子一句'帮我看一会儿',就把孩子扔在菊子床上。孩子睡着呢。"

"你就把孩子抱过来呗……"

"国子哭的时候,我在洗头呢。"

保子起身,给信吾拿来更换的衣服。

"你这么早回家,我还以为你哪儿不舒服呢。"

菊子从浴室里出来,像是要回自己的房间。

"菊子,菊子。"信吾唤道。

"哎。"

"把国子带到这里来……"

"嗯,等一下。"

菊子牵着国子的手走过来,系了绑带。

国子抓住保子的肩膀,保子正用毛刷刷洗信吾的裤子。她站起身,把国子抱到了膝上。

菊子拿走了信吾的西服。

她把西服收在了邻间的衣柜里,轻轻地合上了柜门。

看到柜门背面镜子里自己的脸,菊子吓了一跳。她不知该去客厅,还是该躺回床上。

"菊子,还是去躺着吧。"信吾说。

"嗯。"

听到信吾的话,菊子耸耸肩,看也不看便回了自己的房间。

"你不觉得菊子的模样有点儿异常吗?"保子皱起眉头说。

信吾没有应答。

"不清楚哪儿不舒服。一起来走动,就像要摔倒似的,让人担心啊。"

"是啊。"

"不管怎么说,修一的事总得有个办法才行……"

信吾点了点头。

"你跟菊子好好谈谈吧,好吗?我带着国子去接她妈,顺便准备一下今天的晚餐。真讨厌啊,房子也是麻烦……"

保子抱着国子起身离去。

"房子到邮局干吗去了?"信吾问。保子回过头来说:

"我也纳闷儿呢。给相原寄信吧。他们已经分手半年了……回娘家也小半年了啊。大晦日回来的……"

"寄信的话,附近就有邮筒嘛。"

"哪里啊……她也许心想,到邮局寄信既快捷又安全吧。或者是突然想起了相原就迫不及待……"

信吾苦笑,他感觉保子是个乐观主义者。

好歹把家庭维系至老年的女人,皆有乐观的本性。

信吾捡起保子看过的四五天的报纸,漫不经心地溜了一眼,上面刊有一则奇闻——《两千年前的莲子开了花》。

去年春天,千叶市检见川弥生式古代遗迹独木舟上发现了三粒莲子,推测为两千年前之物。某莲花博士使之发芽成苗,今年四月分别种植于千叶农事试验场、千叶公园池塘和千叶市畑町酿酒屋之家三处。酿酒商像是遗迹发掘的赞助者。他在装满水的锅里培植,将其放置在庭院里。酿酒屋的莲子最先开了花。莲花博士闻讯赶来,抚摸着美丽的莲花感叹:"开花了,开花了!"莲花从"酒壶形"发展到"茶碗形"和"钵形",最后开成了"盆形"凋谢,共有二十四片花瓣。

报道的下方还有一张照片——戴着眼镜、头发花白的博士,手持一株刚刚开花的莲茎。信吾重读了这篇报道,博士年龄已是六十九岁。

信吾久久地凝视莲花照片,拿着这张报纸去了菊子的房间。

这是菊子和修一两人的房间。作为菊子嫁妆的梳妆台上,放置着修一的礼帽。帽子旁有一叠信笺,也许菊子正要写信。梳妆台的抽屉前铺着一块绣花布。

屋里似乎有香水的芳香味儿。

"怎么样?还是卧床休息比较好吧?"信吾坐到书桌前。

菊子睁开眼睛,凝视着信吾。她想要坐起身,信吾制止说"别起来"。她感到很不自在,微微红了脸,额头却显得苍白、衰弱,眉毛很美。

"你看过那张报纸吗?两千年前的莲子竟然开了花。"

"嗯。看过了。"

"看过了吗?"信吾自语,"要是跟我们说明,菊子你也不必遭这份罪。当天去当天回,身体吃得消吗?"

菊子吓了一跳。

"我们说了孩子的事。上个月……更早的时候就知道了对吧?"

菊子在枕头上摇了摇头。

"当时还不知道呢。知道了以后,我就不好意思说孩子的事儿啦。"

"是吗?修一说你有洁癖。"

信吾看见菊子的眼眶里噙满泪水,便打住不说了。

"不用再找大夫瞧瞧吗?"

"明天去看看……"

翌日,信吾刚从公司回到家,保子就迫不及待地说:

"菊子啊,回娘家了,说是在躺着呢……两点前后,佐川先生打来电话,房子接的,说菊子顺便回了娘家,还说身体有点儿不舒服,卧床休息呢。真是不懂事,让她在家静养几天再过去的……"

"是吗?"

"我让房子这样说,明天修一去探望。说是那边亲家母接的电话,菊子不是在娘家躺着吗?……"

"不对。"

"那究竟是怎么回事?"

信吾脱下外套,慢慢地解下领带,看着天花板说道:

"她打掉了孩子啊。"

"啊?"保子大吃一惊。

"哎哟,这个菊子,竟背着我们……?现在的人太恐怖了啊!"

"妈妈,您真糊涂。"房子抱着国子走进客厅,"我早就知道了。"

"你怎么知道的?"信吾不由自主地问了一句。

"这种事没法说呀,总要做善后的嘛。"

信吾无话可说了。

都 苑

"我老爸真是有趣的爸爸呢。"

房子将晚饭用的碟子、小碗乱七八糟地摞在盆里。

"对自己的女儿比外来的儿媳还要客气,对吧,老妈?"

"房子。"保子责备似的呵斥道。

"本来嘛,不是那样吗?菠菜煮过头了就直说呗,不行吗?又没有煮得稀巴烂,还是菠菜的形状啊。不然放到温泉里煮好了。"

"温泉?什么意思?"

"温泉不是可以煮鸡蛋、蒸馒头吗?妈妈不是给我吃过什么地方的温泉鸡蛋吗?蛋白硬、蛋黄软……不是说京都一家丝瓜亭餐馆做得最好吗?"

"丝瓜亭?"

"就是瓢亭啊。无论多穷,都会知道瓢亭的啊。我是说煮菠菜的方法,瓢亭绝不会逊色的啊。"

保子笑了。

"如热度、时间合适，会用温泉煮菠菜，就是菊子不在，不然爸爸也会像波派①水手那样，吃出精神来……"

房子没有笑。

"我讨厌这样，太郁闷了。"

房子借助膝盖的力量，将沉重的盘子端起来。

"美貌儿子和美人儿媳妇不在，茶饭不思了是吧？"

信吾抬起头来，正好对上保子的视线。

"你毒舌伶俐啊。"

"是嘛。说话也好，哭泣也好，一直压着呢。"

"孩子要哭，有什么办法啊。"信吾嘟囔了一句，微微张着嘴。

"不是孩子，是我。"

房子踉踉跄跄地走向厨房。

"孩子哭，当然是无可奈何的啰。"

厨房里响起餐具摔到水槽里的声音。

保子蓦地直起腰身来。

听得见房子的抽噎声。

里子向上翻着眼珠望望保子，急步跑向了厨房。

信吾感觉那是讨厌保子的眼神。

保子也站起来，抱起身旁的国子放在信吾的膝上，说了

---

①波派：Popeye，美国动漫《大力水手》中的主人公，一吃菠菜就会变得力大无穷。

声"这孩子你抱一下",就向厨房走去。

信吾抱起国子,软绵绵的,一把搂到怀里。他握住了孩子的脚,脚脖子细细的,脚心胖乎乎的,塞满了信吾的手掌。

"痒痒吗?"

孩子似乎不懂什么叫痒痒。

信吾朦胧中想起幼时处于吃奶期的房子,光溜溜地躺着换衣服,信吾挠挠她的胳肢窝,房子便吸着鼻子,挥舞双手……

信吾很少说起婴儿时代的房子奇丑,刚要提起,保子姐姐的美丽面影就浮现在眼前。

人称"女大十八变",可信吾的期望全然落空。随着年龄的增长,那般期待也就变得麻木了。

外孙女里子的脸形比母亲房子好一点儿,幼小的国子也还有希望。

莫非,自己还想在外孙女一辈身上寻觅保子姐姐的面影吗?信吾不禁讨厌起自己来。

尽管如此,一种妄想却吸引着信吾——说不定菊子流产的婴儿,这个丧失的孙儿,就是保子姐姐的投胎转世啊,或是无权来到这个世界的美女啊。信吾为自己的幻想而震惊。

信吾抓住国子脚丫的手一松,孩子就从膝上溜下,想往厨房走。她抬起胳膊前倾,脚步不稳。

"小心!"信吾的话音未落,孩子就跌倒了。

她向前扑倒,往一边翻滚,却一直没有哭出来。

里子揪住房子的衣袖，保子抱着国子，四人又折回了客厅。

"妈妈，爸爸真糊涂啊。"房子擦着餐桌说，"从公司回到家，换衣服的时候，不论是汗衫还是和服，衣襟都往左前扣，还系上腰带，那副站相真是滑稽可笑。哪有这样的人啊，爸爸生来头一回穿衣服吗？真是老糊涂了。"

"哪里，以前也有过一回。"信吾说，"记得菊子说，在冲绳左扣右扣都是可以的。"

"是吗？冲绳吗？有这种事儿吗？"房子又变了脸色，"菊子为了讨好爸爸，不择手段，真行啊。还冲绳……"

信吾按捺住心头的怒火。

"汗衫这个词儿，本来是葡萄牙语。在葡萄牙，谁知道衣襟是向左扣，还是向右扣呢。"

"这也是菊子传授的知识吧？"

保子在一旁调解似的说：

"夏天的单衣，你爸爸也常常反着穿呢。"

"无意中穿反，跟糊里糊涂将衣襟左扣不是一回事儿。"

"那让国子试着穿穿和服，她可不知道衣襟该向左扣还是向右扣。"

"爸爸要返老还童还太早呢。"房子不依不饶，"不是吗？妈妈，爸爸太没出息了吧？儿媳妇回娘家一两天，爸爸就神魂颠倒地把和服衣襟往左扣。亲生女儿回娘家，不是快有半年了吗？……"

房子自雨天的大晦日回娘家以来，可不有小半年了吗？女婿相原杳无音信，信吾也不去见相原。

"真是快半年了呀。"保子也附和道。

"不过，房子你的事和菊子的事毫不相干嘛。"

"不相干吗？我认为两者都跟爸爸有关系呢。"

"那是孩子的事情呀，想让你爸爸替你解决吗？"

房子低下头，没有回答。

"房子，不妨趁此机会，把你想说的话统统抖搂出来，也就舒服了。正好菊子不在家。"

"都是我不好，没有一本正经要说的话。不是菊子亲手烧的菜，你们就一声不响地吃好了……"房子又哭了起来，"不是这样吗？爸爸一声不响的，看样子好像很难吃，我心里能好受吗？"

"房子，你肯定还憋着好多话。两三天前去邮局，是给相原寄信吧？"

房子一惊，摇了摇头。

"你还会给谁寄信呢？所以我猜想是相原……"

保子的语气尖锐得异乎寻常。

"是寄钱吧？"

信吾觉察到，莫非保子背着自己给了房子零花钱。

"相原在什么地方？"

信吾转过身面对房子，等她回答。

"相原好像不在家啊。我每月派公司的人去了解情况，与其说是了解情况,莫如说是给相原的母亲送点儿养老费。如果房子还在相原家,她或许就是房子理应照顾的人。"

"啊?"保子一愣,"你还派公司的人去了?"

"那是个值得信赖的男人,不多问也不会多说话,没事的。相原在家的话,我倒想去跟他谈谈房子的事。可去了也是白搭,家里只有腿脚不便的亲家母。"

"相原在干什么啊?"

"唉,像是在私卖麻药吧。不过是小喽啰,跑腿的。先是贩卖劣质酒,不料自己先成了麻药的俘虏。"

保子带着惊恐的表情望着信吾,看样子比起相原,她更害怕迄今一直隐瞒此事的丈夫。

信吾继续说:

"可是,腿脚不便的亲家母早就不在家里住了。别人已经入住,就是说房子已经无家可归了。"

"那么,房子的行李呢?"

"妈妈,衣柜早都空了。"房子说。

"是吗?你就带一个包袱皮回来,这么好说话吗?哎呀呀!……"

保子叹了一口气。

信吾怀疑房子知道相原的下落,在给他通风报信呢。

再说,没能让相原免于堕落的责任在房子吗?在信吾吗?在相原自己吗?还是无人承担责任?信吾把目光投向暮色苍茫的庭院。

◆◆◆◆

十点光景,信吾到公司后看见谷崎英子留下的一封信:

为少奶奶的事想见您,也就来了。日后再造访吧。

英子留下的信上写的"少奶奶",无疑指的就是菊子。

英子辞职后,岩村夏子被分到信吾的办公室替代她。信吾问夏子:

"谷崎什么时候来的?"

"嗯,我到办公室擦拭桌子的时候。八点刚过吧。"

"她等了一会儿吗?"

"嗯,等了一会儿。"

夏子总发出凝重深沉的"嗯"声,信吾不喜欢。也许是夏子的乡音。

"她去见修一了吗?"

"没有,我想她没见修一就回去了。"

"是吗?八点多钟……"信吾自言自语。

英子大概是去洋裁缝店上班顺便来这儿的,午休时没准儿还会来。

信吾又看了一眼英子在一张大纸的角落上写的小字,将目光转向了窗外。

晴空万里，今天是五月中最像五月的一个晴日。

信吾坐在横须贺线的电车里，也眺望过这样的天空。眺望天空的乘客都把车窗打开了。

掠过闪闪发光的六乡川流水的飞鸟也闪烁着银光。北方桥上驶过的车身为红色的巴士亦非偶然。

"天上大风，天上大风……"

信吾眼望着池上的森林，下意识地反复诵念良宽赝品匾额上的文句。

"啊呀！"他差点儿把身子探出左侧的车窗。

"那棵松树，也许不是池上森林的呢，应该更近……"

今天早上，两棵最高的松树看似矗立在池上森林的前面。

或许是春天或雨天的缘故，在此之前分不清是远是近。

信吾继续透过车窗眺望，企图确认两棵松树的距离。

他每天都在电车上眺望，真想到松树所在的处所实地确认。

虽说每天都乘车经过，但发现两棵松树却是最近的事情。长期以来，他只是呆呆地望着池上本门寺的森林一闪而过。

然而，今天却是第一次发现那高耸的松树好像并不在池上森林中。因为五月早晨的空气清新而澄明。

上部相互靠近、树梢想要抱在一处的两棵松树，令信吾有了第二次发现。

昨日晚饭后，信吾说起寻找相原的家，给相原的母亲些许资助，愤愤不平的房子顿时老实了。

信吾觉得房子真可怜，他仿佛发现了房子心中的秘密。发现了什么秘密呢？不像池上的松树那样一目了然。

提起池上的松树，两三天前在电车里，信吾望着松树追问修一，才知道菊子做了人工流产手术。

松树已不再是单纯的松树，而与菊子的堕胎有了纠葛。上下班途中，信吾看到松树，或许就会不由自主地想起菊子。

今天早晨，当然也不例外。

修一坦白真相的那天早上，两棵松树在风雨交加中与池上的森林朦胧地融为一体。然而今天早上，松树仿佛脱离森林被抹上了一层污秽的色调，同堕胎纠缠在了一起。也许是天气过于晴朗的缘故。

"大好的天气，人的心情未必好。"

信吾一句无谓的嘟哝。他开始工作，不再眺望公司窗框中的天空。

晌午过后，英子打来了电话——她忙于赶制夏服，今天就没法出门了。

"真像你所说的那么忙啊？"

"嗯。"英子片刻不语。

"这会儿在店里？"

"嗯。绢子不在场。"英子直呼修一情妇的名字，"我是等绢子外出后打的。"

"哦？"

"我说,明天早晨去拜访您。"

"早晨?还是八点时分?"

"不,明天早点儿去等您。"

"有急事吗?"

"嗯,不是急事的急事啊。就我的心情而言,是件急事,希望早点儿跟您谈。我很激动呢。"

"你很激动?修一的事吗?"

"见面再谈吧。"

英子激动?搞什么鬼?她连续两天找自己说有事儿,这使信吾惴惴不安。

这种不安情绪愈发蔓延,信吾三点前后给菊子的娘家挂了电话。

佐川家的女佣去叫菊子。这期间,电话里传出悠扬的乐曲声。

菊子回娘家后,信吾没有跟修一说起过菊子。修一似乎也避而不谈。

信吾还想到佐川家去探望菊子,又顾虑事态的扩大,便打消了此念。

他觉得依菊子的性格,不会跟娘家的父母、兄弟谈及绢子或人工流产,但是世事难料。

伴着美妙的乐曲声,话筒里传来菊子久违的呼唤。

"……爸爸,让您久等了。"

"啊。"信吾松了一口气,"身体怎么样啦?"

"噢，已经好了。我只顾自己，真对不起。"

"哪里的话……"信吾接不上话。

"爸爸。"菊子又高兴地叫了一声，"真想见您啊！我这就过去行吗？"

"这就来？不要紧吗？"

"不要紧。就想早点儿见到您，回家反而不好意思。行吗？"

"好啊。我在公司等你。"

乐曲声继续传来。

"喂、喂……"信吾紧跟着说，"音乐不错啊！"

"哎哟，忘了……是《西尔菲德》芭蕾舞曲，肖邦组曲。唱片我带回去。"

"这就过来吗？"

"是啊。但我不喜欢去公司，我再想想……"

过了片刻，菊子约定在新宿的御苑见面。

信吾张皇失措，不禁笑了。

菊子认定这是个好主意。

"爸爸您会心情舒畅的，那里一片绿荫……"

"记得一次偶然的机会，去过新宿御苑，看什么名犬展览会……"

"再来看一次呀。把我也当作小狗……"

菊子的笑声过后，依然能听见《西尔菲德》芭蕾舞曲声。

◆ ◆ ◆ ◆

按菊子约定的时间，信吾由新宿一丁目的大木户门进了御苑。

门卫室旁立着一个告示牌：婴儿车出租一小时三十日元，草席一天二十日元。

一对美国夫妇走近前来，丈夫抱着一个小女孩儿，妻子牵着一条德国猎犬。

御苑里不仅有美国夫妇，还有成双成对的年轻情侣。悠然漫步的只是美国人。

信吾自然地尾随在美国人身后。

道路左侧种植的树看似是落叶松，其实是喜马拉雅雪杉。上回信吾参加"动物爱护会"举办的慈善游园会，见过一片很美的雪杉，具体在何处却想不起来了。

右侧树上都挂着树的名牌，诸如儿手柏、美丽松等。

信吾以为自己先到，所以悠然漫步，不料菊子早就到了，坐在背对池畔银杏树的长椅上。入大门不远就是那个池畔。

菊子回过头来，欠身施礼。

"真早啊，比约定的四点半提前了十五分钟哩。"

信吾看了看表。

"接到爸爸您的电话高兴，所以马上就出了门。真是太高兴了。"菊子快嘴快舌地说。

"等了好久吧？穿得这样单薄行吗？"

"行。这是学生时代的毛衣。"菊子倏地脸红起来，"没衣服留在娘家，又不好借姐姐的和服……"

菊子兄弟姐妹八人，她是幺女。姐姐们全都出嫁了。她说的姐姐，大概是指她的兄嫂吧。

菊子穿着深绿色的短袖毛衣。

信吾今年像是第一次看见她裸露的臂膀。

关于回娘家的事，菊子再度郑重其事地向信吾道歉。

信吾却不知所措，温存地回应道：

"已经可以回镰仓了吗？"

"当然。"菊子顺从地点点头，"我是很想回去的呀。"

说着她动了动美丽的肩膀，凝视着信吾。信吾没有看清她美丽的肩膀是怎样摇动的，但那股柔软的芬芳令他吃惊。

"修一去探望你了吗？"

"来过了。不过，要不是爸爸打来电话……"

她是想说"就没法回去了"吗？

菊子说了半截，就从银杏树的树荫下走开了。

茂密乔木的深绿，仿佛洒落在菊子纤细的后脖颈上。

池畔颇具日本风韵。一个白人大兵单脚架在小小的中之岛灯笼上与妓女调情。池畔的长椅上坐着一对年轻情侣。

信吾跟着菊子穿过池子右侧的树林。信吾惊叹道：

"这么开阔啊！"

"爸爸您也感觉心旷神怡，对吧？"菊子仿佛很得意地问。

但信吾走到路边的枇杷树前就停下了，他不想踩入宽阔的草坪中。

"这棵枇杷树长得好啊！无所拘束，就连下边的枝丫也自由铺展。"

目睹枇杷树自由、自然地生长，信吾深受感动。

"树形多美啊！对了，对了，上一次的名犬展览会，我也看见成排的喜马拉雅雪杉大树，下方的枝丫也是无拘无束地尽情伸展，真是让人心旷神怡啊。那是在哪儿呢？"

"靠近新宿那边呗。"

"对了，那次是从新宿那边进入的。"

"刚才电话里您不是说了吗？来看了名犬展览会……"

"唔，没有多少名犬。动物爱护会募捐举办的游园会，日本人很少，外国人很多，好像是占领军的家属和外交官。夏天，身缠红色和浅蓝色绸绢的印度姑娘好美，她们刚去了美国和印度的商店。那时候真是稀罕景观哪。"

其实只是两三年前的往事，信吾却记不起具体的年份了。

说话间，信吾从枇杷树前信步走开。

"咱家院里的樱树，也得把根部的八角金盘除掉呀。菊子你帮我记着，回家别忘了啊。"

"嗯。"

"那棵樱树的枝丫未曾修剪过，我喜欢。"

"枝繁叶茂，樱花盛开……上个月正值盛期，我和爸爸您还听见了佛都七百年祭的寺院钟声呢。"

"这些事你也记住啦。"

"嗯，我一辈子也忘不了，还听见了莺的啼鸣。"

菊子紧靠着信吾，从山毛榉大树下走向宽阔的草坪。

一片翠绿，这令信吾的心中豁然开朗。

"啊！畅快！就像远离了日本，难以想象东京有此等去处。"

信吾凝望着远远伸向新宿的大片绿地。

"据说在纵深点上煞费苦心，远处更让人有深邃之感。"

"什么叫纵深点？"

"就是眺望线吧。草坪的边缘和中间的道路都是缓缓的曲线。"

菊子从学校来这里时，听老师那样讲解过。据说散植乔木的这处大草坪是英国风景园样式。

在宽阔的草坪上看到的几乎都是年轻情侣，躺着的、坐着的，还有的在草坪上悠闲漫步，还有三五成群的女学生和孩童。信吾惊异来到这幽会的天堂，自己却有不合时宜之感。

就像皇家的御苑获得了解放一般，年轻的男女也获得了解放。

信吾和菊子走进草坪，从幽会的情侣中穿过，没人注意他们俩。信吾亦尽量避开情侣们的注意。

可菊子是怎么想的呢？年迈的公公陪着年轻的儿媳上公园，仅此就令信吾满心别扭……

菊子来电话说在新宿的皇家御苑会面，信吾并未在意，可来了之后总感觉有点儿异样。

草坪上高耸着一棵挺拔的大树，信吾被这棵树吸引住了。

他抬头仰望大树。走近大树时，他深深感受到碧绿的大树的品格与厚重。这自然荡涤了自己和菊子之间的郁闷。

"爸爸您也感觉心旷神怡。"有这句话，足矣。

这是一棵百合树。靠近后才知道，是三棵树合成一棵的姿态。花像百合，也像郁金香，竖着的说明牌上写道：亦称郁金香。原产北美，成材快。此树树龄约五十年。

"哦，五十年啊，比我年轻呢。"

信吾吃惊地仰视。

阔叶枝丫铺展，像要掩藏起他俩。

信吾落座在长椅上，仍旧心神不定。

他旋即又站起来。菊子感到意外，望了望他。

"那边有花，去看看吧。"信吾说。

草坪对面像是花坛。簇簇白花，同百合的垂枝几乎接触，远望十分娇艳。信吾穿过草坪说：

"日俄战争凯旋将军的欢迎大会，就是在御苑举行的。那时我不到二十岁，住在农村。"

花坛两侧是成排苍劲的大树，信吾在树间的长椅上坐下来。

菊子站到他跟前说：

"明天早上我就回去。也请转告妈妈，别责怪我……"

说罢，坐在了信吾的身旁。

"回家之前,还有什么话要跟我说吗?……"

"跟爸爸您说吗?我有太多的话想说呢……"

◆ ◆ ◆ ◆

翌日早晨,信吾期盼着菊子归来。

可菊子还没到家,他就出门了。

"她说了,不要责怪她。"信吾对保子说。

"岂止不责怪,还要向她道歉呢,不是吗?"

保子也露出了一副明朗的神色。

信吾决定,至少要给菊子挂个电话。

"你这个父亲对菊子的作用真大啊。"保子将信吾送到大门口,"当然,那也好。"

信吾到了公司,须臾英子就到了。

"哦,这么漂亮啊,还带着花。"

信吾和蔼可亲地迎接英子。

"一上班就不得脱身,所以在街上溜达了一圈。花铺真美啊。"

英子一本正经地走到信吾的办公桌前,用手指在桌面上写道:让她回避一下。

"哦?"信吾愣了一下对夏子说,"请你出去一会儿。"

夏子离开办公室时，英子找来一只花瓶，将三朵玫瑰插了进去。她身穿与洋裁缝店女店员般配的连衣裙，像是有点儿发胖了。

"昨天失礼了。"英子以不自然的郑重的口吻说，"一连两天来打搅，我……"

"哎呀，请坐。"

"谢谢。"英子坐在椅子上，低下头来。

"今天又让你迟到啦。"

"唉，这件事……"

英子抬头望着信吾，屏住气息，像要哭出来似的。

"可以说吗？我充满义愤，也许过于激动了。"

"哦？"

"少奶奶的事。"英子吞吞吐吐，"做了人工流产手术吧？"

信吾没有应答。

英子怎么知道的呢？莫非是修一告诉她的？英子和修一的情妇同在一家店里，信吾感到了令人厌恶的不安。

"做人工流产手术，其实也没有什么……"英子踌躇。

"这件事是谁告诉你的？"

"医院的费用，修一是从绢子那里借钱支付的。"

信吾愕然，心脏抽搐了一下。

"太过分了。这种做法对女人是极大的侮辱，毫无怜悯之心！少奶奶真可怜，我真的无法忍受。虽说修一可能把钱还给了绢子，或许是拿他自己的钱，但我们照样讨厌他。他和我们的身份不同,这点儿钱修一总不至于拿不出来吧?难道身份不同,就可以这样做吗?"

英子极力抑制住自己瘦削肩膀的战栗。

"绢子拿出钱来,也是真真切切的。我不明白,我生气,我厌烦,所以无论如何也要来跟您说说。哪怕跟绢子不能继续共事,我也认了。虽然,我好像不该多嘴……"

"哪里的话。谢谢你。"

"这样心情好些了。我虽然只见过少奶奶一面,但我喜欢她。"英子噙满泪水的眼睛闪闪发光,"请让他们分手吧。"

"哦。"

英子无疑在说绢子,听起来却又像让修一和菊子分手。

信吾被摧残到这个境地。

修一的麻木不仁和萎靡不振让信吾震惊,他感觉自己也在同样的泥沼里蠕动,黑暗的恐怖令他战栗。

英子尽情地把话说完,要告辞了。

"唉,算了。"信吾有气无力地挽留。

"改天再来拜访。今天不好意思,还掉了眼泪,真讨厌。"

信吾感受到了英子的善良和好意。

他曾认为,依靠绢子才得以在同一家店铺里工作的英子神经麻木。此刻令他感到惊愕的是,修一和自己才是真正的神经麻木。

他茫然地望着英子留下的深红色玫瑰。

修一说了菊子有洁癖,所以在修一有情妇的现状下,她不愿生孩子。此时看来,菊子的洁癖真是遭到了彻头彻尾的蹂躏。

菊子却不知情。此刻她正在回镰仓的路上吧。信吾不由得闭上了眼睛。

伤 后

周日早晨，信吾锯掉了樱树根下的八角金盘。

信吾心想若不刨根，它还会萌生出来。他喃喃自语：

"出芽就剪断，也是一个办法啊。"

以前也是这样处理的，谁料根系无限蔓延。现在信吾又懒得去除根，也许是因为没有刨根的力气了。

八角金盘一锯就断，但盘根错节，令信吾满头大汗。

"我来给您帮忙吧。"

修一不知何时走近前来。

"不，不用。"信吾冷淡地说。

修一兀立片刻，又说：

"菊子叫我来的啊。她说爸爸在锯八角金盘，快去帮忙吧。"

"知道了。可是，这就锯完了。"

信吾在锯倒的八角金盘上坐下，往屋子的方向望去，只见菊子倚立在檐廊的玻璃门上，系着一条鲜艳的红色腰带。

修一拿起信吾膝上的锯子。

"都锯掉吧?"

"嗯。"

信吾注视着修一年轻利落的动作。

剩下四五棵八角金盘,一会儿就被锯倒了。

"这个也要锯吗?"修一回头冲着信吾问。

"这个啊,等一等。"

信吾站了起来。

这里生长着两三株年轻的樱树,像是在母树的树根上增生出而不是独立生长的小树,或许只是枝丫。

粗大的树干下长出枝丫似的小枝杈,还带着叶子。

信吾稍稍离开点儿距离,瞧了瞧说:

"还是从泥土里长出来的,锯掉好看些。"

"是吗?"

可修一却不想立刻锯掉那棵幼樱,他似乎觉得信吾的想法太荒谬。

菊子也来到庭院里。

修一用锯子指了指那棵幼樱一笑。

"爸爸在考虑要不要把它锯掉呢。"

"还是把它锯掉好。"菊子想也没想就说了。信吾对菊子说:

"究竟是不是树枝,我有点儿看不出来呢。"

"泥土里怎么会长出树枝来呢。"

"从树根上长出来的枝,叫什么呢?"信吾也笑了。

修一默不作声,把那棵幼樱锯掉了。

"不管怎么说,我想把这棵樱树的所有枝丫留下来,让它自由、自然地生长,爱怎样伸展就怎样伸展。八角金盘碍事,只好锯掉。"信吾说。

"哦,那把树干下的小枝留下来吧。"菊子望了望信吾说,"像筷子还有像牙签的小枝开了花,多可爱啊。"

"是吗?开花了吗?我都没注意到……"

"开花了呀。小枝上开了一簇花,两三朵呢……在牙签似的枝丫上,另有一处只有一朵花。"

"哦?"

"不过,这样的枝丫能长成吗?等这么可爱的枝丫长到像新宿御苑的枇杷和杨梅的下枝那样,我就成老太婆啦。"

"那也未必,樱树长得快啊。"

信吾说着将视线移到了菊子脸上。

信吾和菊子去过新宿御苑,却没对妻子和修一提起过。

但菊子回到镰仓的家,是不是马上对丈夫坦白了呢?其实说不上坦白,菊子或许会漫不经心地说出来。

如果修一不便问出这句话——"听说您和菊子在新宿御苑相会了?",那么信吾也许该主动说出。然而无人言及此事,两人间反正是存有芥蒂。没准儿修一已经从菊子那里听说了,却佯装不知。

可是菊子的脸上却平静坦然。

信吾凝视着樱树干上的小枝,脑海里出现了一幅图景:

这些柔弱的小枝在意想不到的地方萌出新芽,而后像新宿御苑里大树的下枝一般铺展开去。

它们长长地低垂在地面上铺展开来,开满樱花,该是多么美妙奢华啊。但是,信吾不曾见过这样的樱树枝,也不曾见过大樱树根部长出的枝丫繁茂铺展。

"锯下的八角金盘收到哪里呢?"修一问。

"归拢到一个角落就行了。"

修一将八角金盘归拢到一起,搂在腋下硬拖着走。菊子也拿起三四棵尾随其后,修一体贴地说:

"算了,菊子……注意身子。"

菊子点点头,把八角金盘放回原处,伫立在那里。

信吾走进了屋里。

"菊子也到院子里干吗呢?"保子摘下老花镜说。

她正在缩改旧蚊帐,给外孙女午睡用。

"星期天,两人难得待在自家院里啊。菊子从娘家回来后,两人的感情就好了起来,不可思议啊。"

"菊子也很伤心的。"信吾嘟囔了一句。

"未必吧。"保子加重语气说,"菊子是个好孩子,总是笑脸相迎,但很多日子不见她像今天这样带着欣喜的眼神欢笑。看见菊子愉快的、略显消瘦的笑脸,我也……"

"唔。"

"这些日子修一从公司回家早,星期天也待在家里,坏事变好事啊。"

信吾坐在那里默不作声。

修一和菊子一起走进屋里。

"爸爸,里子把您喜欢的樱树嫩芽拔光了。"

修一说着,将指间捏着的小嫩芽举起来给信吾看。

"里子觉得揪八角金盘好玩,竟把樱树的嫩芽也都掐掉了……"

"是吧?孩子就喜欢干这种事儿呢。"信吾说。

菊子伫立,半边身子藏在修一的背后。

❖ ❖ ❖ ❖

菊子从娘家回来时,信吾得到了一件礼物——日本国产的电动剃须刀。给保子的礼物是腰带,给房子的是里子和国子的童装。

信吾事后问保子:"给修一也带礼物了吧?"

"折叠蝙蝠伞,好像还有美国产的梳子呢。梳子套的一面是镜子……说是梳子表示缘分已尽,一般不送人的。菊子大概不懂。"

"美国哪儿有这种讲究?"

"菊子自己也买了相同样式的梳子,只是颜色不同,略小。房子见了觉得稀罕,菊子就送给了房子。从娘家回来的菊子难得买了一把跟修一样式一样的心爱的梳子,房子不该抢走的嘛。不过一把梳子嘛,怎么麻木到这种程度。"

保子觉得自己的女儿不通情理。

"给里子和国子的衣服是高级丝绸,很体面的。虽说没给房子礼物,可给两个孩子不就等于给了房子吗?房子把梳子要走,菊子会觉得歉疚的,好像什么都没给房子买。本来菊子是为了那样的事才回娘家的,有什么道理给我们带礼物啊?"

"是啊。"

信吾也有同感,同时还有保子并不知晓的忧郁感。

菊子买礼物,想必给娘家的父母也添了麻烦。菊子做人流手术的费用也是修一让绢子出的,可以想象修一和菊子都没钱买礼物。菊子或是觉得修一支付了她的医疗费,只好跟自己的父母要钱买礼物。

信吾懊悔,很长时间没给菊子零花钱了。他并非没有察觉,而是顾虑菊子和修一夫妇间的感情龃龉。菊子与作为公公的自己关系愈发亲密,两人之间像藏着什么隐私一样,信吾反而更不好意思给菊子钱了。然而信吾又心想:如果自己不设身处地为菊子着想,岂不是和硬把梳子要走的房子一个德行?

当然在菊子心里,经济拮据的原因是修一的放荡不羁,自己是没理由跟公公要零花钱的。但信吾若是多些同情心,菊子也不至于用丈夫情妇的钱堕胎并蒙受莫大的耻辱。

"不买礼物,我反而好受些啊。"保子忧心忡忡。

"加起来是一笔相当大的花费啊。估计得花多少钱呢?"

"不清楚啊……"

信吾心算了一下。

"电动剃须刀什么价钱,我算不出来,没见过啊……"

"是啊。"保子也点了点头,"如果是抽奖,你这个做父亲的中头奖。好歹是菊子的心意,收了吧。发出声音就是开动了吧?"

"刀齿不动啊。"

"肯定会动的,不动怎么刮胡子?"

"哪里啊?怎么看,刀齿也不动呀。"

"是吗?"保子嗤笑起来,"瞧你高兴的,跟孩子拿到玩具一样,光凭这就该中头奖啦。每天早晨剃须刀吱吱作响,吃饭的时候都美滋滋地摸着下巴,弄得菊子都有点儿不好意思了。她显然也很高兴呢……"

"也可以借给你用用呀。"

信吾打趣,保子摇了摇头。

菊子从娘家回来那天,信吾和修一从公司一起回到家,傍晚在客厅,菊子的礼物电动剃须刀最受欢迎。

擅自回娘家的菊子和使菊子堕胎的修一一家重聚,场面不甚自然,可以说电动剃须刀替代了见面时的寒暄。

房子当场给里子和国子穿上童装,对衣领和袖口精美的刺绣赞不绝口,一副明朗愉悦的神色。信吾在一边看剃须刀的"使用须知",一边当场做示范。

全家人都注视着信吾,观察剃须刀的效果。

信吾一只手握着电动剃须刀在下巴颏儿上移动,另一只手拿着"使用须知",嘴里念念有词:"上面写着,也能剃妇人发际的汗毛呢。"念罢,他望了望菊子的脸。

菊子的鬓角、额头发际,真的异常美丽,信吾竟然不曾留意。此处的发际,微妙地呈现出可爱的线条。

细腻的肌肤和齐整的秀发鲜丽清晰。

菊子脸色有些苍白,双颊反而淡淡泛红,眸子里闪烁出愉悦的光亮。

"你爸爸得到一件好玩具啦。"保子说。

"哪儿是玩具呀,文明利器、精密机械呀。标着机械的编号,盖着检验、调试、成品和责任人的图章呢。"

信吾满心高兴,一会儿顺着剃,一会儿逆着剃。

"据说不伤皮肤,刮得比剃刀干净,还不用肥皂和水。"菊子说。

"唔,老年人用剃刀,皱纹碍事呢。这个你也可以用嘛。"

信吾想把剃须刀往保子手里送。

保子惧怕似的往后躲。

"我又没有胡子……"

信吾观察电动剃须刀的刀齿,戴上老花镜又仔细察看。

"刀齿没转,怎么把胡子刮下来的呢?马达转,刀齿不动啊。"

"怎么会?"修一伸出手,信吾却将剃须刀递给了保子。

"真的,刀齿好像不动啊。怎么像个吸尘器,把垃圾吸进去吗?"

"胡子也不知弄到哪里去了……"信吾话音未落,菊子低头笑了。

"收了人家的电动剃须刀,回赠一台吸尘器如何?洗衣机也行啊,菊子也许很需要呢。"保子说。

"行啊。"信吾回应老妻。

"这种文明利器,咱家一件也没有。就说电冰箱吧,每年都说要买,都是放空炮。今年真的需要了啊。还有烤面包机,按一下电钮就行了。面包烤好后自动弹出来,非常方便啊。"

"老太婆你在议论家庭电气化吗?"

"老头子你嘴上说心疼菊子,但没有实际行动啊。"

信吾把电动剃须刀的电线拔掉。剃须刀盒里有两把刷子,一把像小牙刷,一把像瓶刷,信吾都试了试。他用瓶刷般的小刷子清理了刀齿后面的小孔,往下一瞧,稀稀落落极短的小白毛落在了自己的膝头上。他看见的只有小白毛。

信吾悄悄地拂了拂膝头。

❖ ❖ ❖ ❖

信吾不久就买回了吸尘器。

早餐前,菊子使用吸尘器的声音和信吾的电动剃须刀的马达声交织鸣响,这让信吾觉得有点儿滑稽。

然而,这声音或许是焕然一新的家庭的体现。

里子也觉得吸尘器稀罕,菊子走到哪儿,她就跟到哪儿。

也许由于电动剃须刀的关系吧,信吾竟做了一个关于胡须的梦。

梦里的信吾并非出场人物,而是旁观者。因为是梦,所以出场人物和旁观者的区别不明显。故事发生在信吾不曾涉足的美国。其后信吾琢磨:莫非是因为菊子买了美国产的梳子,自己才做了美国梦?

在信吾的梦里,美国各州有的英国人多,有的西班牙人多。因此不同的州,胡子也各具特色。梦醒之后,信吾已记不清胡子颜色和形状的差异。但在梦里,信吾可以清晰地辨识美国各州,亦即各人种的胡子的差异。梦醒之后,他连州名也都忘记了,却记得在一个什么州有一个男人,集各州、各人种的胡子特色于一身,但是并非各人种的胡子混杂掺入这个男人的胡须,而是一个部分法国型、一个部分印度型,它们统合于这个男人的胡须里。

美国政府把这个男人的胡须指定为天然纪念物。这样一来,这个男人就不能乱剪自己的胡子,也不能随意地修饰。

这个梦,如此而已。信吾看到这个男人很酷且色调斑斓的胡子,觉得有点儿像自己的胡子。这个男人的得意与困惑,仿佛也成了信吾的得意与困惑。

这个梦没有什么情节,信吾只是梦见了长胡子的男人。

梦中,男人的胡子当然很长。信吾每天早晨都用电动剃须刀把胡子刮得干干净净,或许因此引发了相反的梦——胡子无限地生长。但胡子被指定为天然纪念物未免太过奇怪。

这是一个无邪的梦。信吾觉得趣味津津，本想早晨起来跟大家说说。但他听见了雨声，旋即又睡着了。另一个邪恶的梦把他惊醒了。

信吾抚摸着尖尖下垂的乳房。仍旧柔软，胀不起来，乃因女人无意对信吾的手有所反应。没意思，太无聊。

信吾抚摸了女人的乳房却不知道女人是谁，与其说不知道，莫如说压根儿没考虑。女人没脸也没身子，仿佛只有两个乳房悬浮在空中，信吾这才开始琢磨女人是谁。女人变成了修一朋友的妹妹，信吾竟没有受到良心上的刺激。他对姑娘的印象淡薄。姑娘姿影朦胧，虽然不像是生育过的女人，但信吾却不信她是处女。信吾吃惊地看到女人手指上纯洁的印迹，心想糟糕，却又觉得并非坏事。

"索性将她当作运动员吧。"

一句嘟哝让信吾震惊，梦便破灭了。

"没意思，太无聊。"

信吾想起来，这竟然是森鸥外①的临终遗言，好像在报纸上看到过。

从让人讨厌的梦中惊醒，信吾首先想到鸥外的临终遗言。而跟自己的梦话凑到一处，铁定是信吾的自我遁词。

梦中的信吾没有爱，没有欢乐，甚至没有淫猥的梦、淫

---

①森鸥外：1862—1922，日本近代著名小说家，与夏目漱石齐名，代表作是《舞姬》。

猥的念头，真是"没意思，太无聊"。梦醒亦索然寡味。

信吾在梦中并没有性侵那姑娘，也许是刚刚起了邪念。假如在悸动或恐惧中战栗着实施了性侵，梦醒后会牵扯着邪恶的生命。

信吾想想近年来自己做过的猥亵淫梦，对象多半是些下贱的女人，今夜梦中的姑娘亦如是。难道在梦中，他也惧怕道德性谴责？

信吾想起了修一朋友的妹妹，顿觉心胸开阔。菊子嫁过来之前，这朋友的妹妹就同修一有过一段交往，也提过亲。

"啊！"信吾恍如触电。

梦中的姑娘不就是菊子的化身吗？就是在梦中，道德也不会缺席。修一朋友的妹妹不正是菊子的替身吗？为了瞒天过海、隐瞒乱伦，也为了掩饰良心上的谴责，又把替身的妹妹变成了地位更加低下的味同嚼蜡的女人。

倘信吾的欲望信马由缰，倘信吾的人生随心所欲，那么信吾就该去爱处女菊子——跟修一结婚之前的菊子，不是吗？

这真心却被压抑，被扭曲，且在梦中丑陋地展现出来。在梦中，信吾仍旧要自欺欺人，将自己遮掩起来吗？

信吾之所以假借在菊子之前曾与修一相亲的姑娘，且使那个姑娘的姿影模糊化，正是因为极端恐惧那个女人是菊子！

事后回想，梦中的对象是朦胧的，梦中的故事也是模糊的，无从记起。抚摸乳房亦无快感。这的确令人生疑。梦醒之时，机敏地生出狡猾之念，莫非皆为梦的抹消？

"那只是梦,指定胡须为天然纪念物是一场梦。梦中的判断不可信。"

信吾用手掌抹了一把脸。

毋宁说,梦使信吾全身战栗。醒后悚然,汗流浃背。

胡须之梦过后,信吾隐隐听见细雨声,方才像是风雨交加。房屋受损,连屋内的铺席都已浸湿了,像是经历了一场狂风骤雨。

信吾回想起四五天前在朋友家中观赏过的渡边崋山①的水墨画。

一只乌鸦落在枯木梢上,画题是:"五月梅雨中,执拗乌鸦看黎明。"

读这一句,信吾似乎明白了画境,体会到了崋山的心情。

乌鸦栖落于枯木梢上,在风吹雨打中期盼黎明。画面用淡墨表现强劲的暴风雨。信吾记不清枯树的模样,只记得粗大的树干被拦腰折断。乌鸦的姿态却记得清晰,不知是睡着了,还是被雨水淋湿的缘故,或是两个原因都有,乌鸦略显臃肿。嘴巴很大,上片鸟喙被水墨洇润,显得更加厚大。鸟目睁着,看样子却惺惺懂懂地仍在昏睡。这是一对怒目圆睁的刚毅的眼睛。作者重笔描画了乌鸦的姿态。

信吾只知崋山贫苦,剖腹自杀。然而,信吾却感受到这幅《风雨晓乌图》表现出的崋山一个时期的心境。

朋友或为应景,才将此画挂在了壁龛里。

---

①渡边崋山:1793—1841,日本江户时代的武士、画家、学者。

"这是一只相貌很凶的乌鸦。"信吾说,"不喜欢。"

"是吗?战争期间,我常常观望这只乌鸦,心想什么玩意儿,该死的乌鸦。不过也有静谧之感。我说老兄,倘为崋山那点儿事剖腹自杀,我们不知该剖腹多少回啦。时代不同了啊。"朋友说。

"我们也在期盼黎明……"

在风雨交加的今夜,乌鸦图想必仍挂在朋友家的客厅里。

信吾又想:今夜,家里的鸢和乌鸦是否安然无恙?

❖ ❖ ❖ ❖

信吾二次梦醒后再难入眠。他期盼黎明,却不像崋山画中的乌鸦那样有意志。

梦见菊子也好,修一朋友的妹妹也罢,他在淫猥梦中却没有淫猥之心闪动,回想起来真是可悲。

这比任何奸淫更加丑恶,可谓老丑。

战争期间,信吾与任何女人无涉,安然无恙。论年龄还不至于失能,只是习以为常。任凭战争的抹杀,他已无心夺回逝去的生命。战争令他的思维受到狭窄的常识的限制。

众多同龄的老人都是如此吗?信吾曾想探问朋友,又担心招来耻笑说自己是个窝囊废。

就算在梦中爱上了菊子,又有何妨呢?干吗做梦都要担惊受怕?就算在现实中,暗暗地爱上菊子又有何妨?信吾试图从新的角度思考问题。

然而,信吾的脑海里又浮现出芜村①的俳句:"老身不忘恋,阵雨过了泪纵横。"他的思绪濒临衰萎。

修一有了外遇,但和菊子的夫妻关系反而加深了。菊子堕胎后,两人的夫妻关系变得温暖平静。暴风雨之夜,菊子变得更加体贴修一。修一酩酊大醉而归之夜,菊子也比平常更加温存地原谅了他。

这是菊子的可怜之处,也是愚蠢之处。

菊子或许早有意识,或是尚未感悟。说不定菊子顺从的是造化之妙、生命之波呢。

菊子以拒绝生育来抗议修一,以回娘家来抗议修一,由此表现自己不堪承受的悲伤。可两三天后她又回来了,和修一重归于好,仿佛在自我疗伤,也为自己的罪过致歉。

在信吾看来,自然是"没意思,太无聊"。不过,唉,也算是好事吧。

信吾甚至还想:绢子的问题暂时置之不理,任其自然解决吧。

修一是信吾的儿子,信吾却满腹怀疑:菊子非要与修一结婚不可吗?他俩真是理想的、命中注定的夫妻吗?

信吾不想吵醒身边的保子,他拧亮枕旁的电灯,没看手

---

① 与谢芜村:1716—1783,日本江户时代中期俳句诗人、画家。

表，天已大亮，寺院六点的钟声该敲响了。

信吾想起新宿御苑的钟声。

那是黄昏行将闭园的信号。

"好像是教堂的钟声呢。"信吾对菊子说。

他觉得正穿过一个西洋式公园的树丛走向教堂，聚集在皇家花园出口的人群好像也要去教堂。

信吾起床了，睡眠不足。

他不好意思见到菊子，便同修一早早出了家门。

信吾突然问修一：

"你在战争中杀过人吧？"

"谁知道呢。要是中了我的机关枪的子弹，会死的吧。但是，可以说，机关枪的枪手不是我……"

修一把头扭向一边，不愿意回答这类问题。

白天雨停了，夜间又下起了暴风雨，东京笼罩在浓雾之中。

公司的宴会结束后，信吾从酒馆里出来，坐上最后一班车，还得送艺伎。

两个半老徐娘坐在信吾身旁，三个年轻的坐在背后客人的膝上。信吾把手绕到一个艺伎的胸前，拽住腰带搂了过来。

"坐这里吧。"

"对不起。"

艺伎安心地坐在了信吾的腿上，她比菊子小四五岁。

信吾想记住这个艺伎的名字，上电车后便要将她的名字记在笔记本上，可因一时歹念，上车后忘了个一干二净。

雨　中

这天早晨，菊子最先读报纸。

雨水把门口的邮箱打湿了，菊子用烧饭的煤气火烘干了濡湿的报纸。

信吾偶尔早醒早起，也会去取来报纸，再躺回床上阅读。一般来说，取晨报是菊子的工作。

但一般情况下，菊子是送走信吾和修一之后才开始读报。

"爸爸，爸爸。"菊子在隔扇外小声呼唤。

"什么事？"

"您醒了，请出来一下……"

"哪里不舒服了吗？"

信吾立刻爬起身，听菊子的语调以为……

菊子手持报纸站在走廊里。

"怎么了？"

"报纸上登了相原的事。"

"相原被警察抓走了吗?"

"不是。"菊子后退了一步,将报纸递给信吾。

"啊,还是湿的。"

信吾伸出一只手,但并不想接过报纸,濡湿的报纸差点儿掉落到地上。

菊子用手掌接住了报纸的一角。

"我看不清啊,相原怎么啦?"

"殉情了。"

"殉情?死了吗?"

"报纸上写的,估计保住了命。"

"是吗?等一下……"

信吾放下报纸欲离去,又问:

"房子在家吗?还在睡觉吗?"

"嗯。"

昨晚半夜,房子的确和两个孩子睡在家里。她不可能跟相原去殉情,今天的晨报也没有刊出的可能性。

信吾盯着厕所窗外的风雨,平复心情。从山麓垂下的薄薄的长叶上,不断地流下雨珠。

"大雨倾盆啊,不像梅雨呢。"信吾对菊子说。

他在客厅坐下来,正要读报纸,老花镜却从鼻梁上滑落下来。他咂了咂舌头,摘下眼镜,在鼻梁和眼眶间颓丧地揉了揉,有点儿黏滑。

一条简讯还没有读完,眼镜又滑落下来。

相原是在伊豆的莲台寺温泉殉情的。女的死了，身份不明，像是个二十五六岁的女招待。男的像是吸毒者，似无性命之忧。男方似有诈死的嫌疑，一是吸毒，二是没留遗书。

从鼻头上滑落下来的眼镜，信吾真想一把抓起来扔掉。

信吾的恼怒，不知源自相原的殉情，还是因为眼镜的滑落。

他用手掌在脸上胡乱抹了一把，站起身走去了盥洗室。

报纸上相原的住宿簿上的地址是横滨，没有妻子房子的名字。

这段新闻报道与信吾一家无关。

横滨？无稽之谈。莫非相原居无定所？莫非房子已非相原之妻？

信吾先洗脸，后刷牙。

他至今认为房子是相原之妻，在此般认识的牵绊下，他烦恼，他迷惘。这岂不证实了信吾的优柔与感伤？

"让时间去解决吧。"信吾嘟哝了一句。

信吾迟迟无法解决，时间真的就能解决吗？

相原堕落至此，信吾真的就无法拉他一把吗？

再者，究竟是房子迫使相原走向毁灭，还是相原引诱房子走向不幸？毋宁说是双方的性格使然。这既会迫使对方走向毁灭与不幸，也会受对方引诱而趋向毁灭与不幸。

信吾折回客厅，喝着热茶说道：

"菊子，你知道的吧？五六天前，相原寄来了离婚申请书……"

"知道的。给您气得够呛……"

"嗯，真让人生气。房子也说，简直是侮辱人。现在看来，或许是相原死前的善后。相原是下定决心自杀的，不是诈死。不过是找了个女伴儿……"

菊子蹙着美眉，沉默不语，她身穿竖条纹的铭仙绸和服。

"把修一叫起来，到这里来。"信吾说。

菊子起身。信吾望着她仿佛长高的背影，觉得也许是穿着和服的缘故。

"听说相原出事了？"修一对信吾说罢，拿起报纸，"姐姐的离婚申请书寄出去了吗？"

"没有，还没有呢。"

"还没寄吗？"修一抬起头来说，"为什么？哪怕今天，早点儿送出去也好啊。要是相原救不活，那岂不成了死人的离婚申请书？"

"可是，两个孩子的户籍怎么办？相原一字不提。小孩子哪有选择户籍的能力？"

房子也盖了章的离婚申请书，依然收在信吾的公文包里。信吾每天往返于居宅和公司之间。

信吾不时派人给相原的母亲送钱。他本来想，也派个人把离婚申请书送到区政府，无奈却一天天拖了下来……

"孩子来了咱家，还有什么办法呢？"修一漠然地说，"警察会来咱家吗？"

"来干什么?"

"相原的担保人啊……"

"不会来吧。因此相原才寄来了离婚申请书。"

房子猛地推开隔扇,穿着睡衣走了出来。

她看也不看那份报纸,就哗啦啦撕碎扔了出去。由于用力过猛,所以扔也没扔出去。她拨开散落的报纸,差点儿倒在一旁的地上。

"菊子,关上隔扇。"信吾说。

透过房子推开的隔扇,可以看见两个孩子的睡姿。

房子颤抖的手还在撕报纸。

修一和菊子都不言语。

"房子,你不想去接相原吗?"信吾说。

"不想。"

房子把一只胳膊肘支在铺席上,蓦地转过身,抬脸盯望着信吾。

"爸爸,您把自己的女儿看成什么啦?不争气。人家这样子欺负您女儿,您一点儿不生气?如果要接,您去接,丢人现眼好啦。到底是谁让我嫁给了那样一个男人?"

菊子起身去了厨房。

信吾脱口说出了心里想说的话,而后一声不响地在寻思:这种时候房子去接相原,貌合神离的两人重归于好,两人的一切重新开始,这样的事在人世间也不是绝无仅有啊。

◆◆◆◆

相原是活是死,此后再未见报。

区政府受理了离婚申请,户籍上也没标明死亡。

相原就算死了,也不会被当作身份不明的男尸埋葬。相原还有一个腿脚不便的母亲,纵令母亲没有看到报纸,相原的亲友中也总会有人发觉。信吾想象,相原大概已经获救。

想当然地收留了相原的两个孩子,如何善后呢?修一的态度是明了的,信吾却拖泥带水。

两个外孙女已经变成信吾的负担,他还没想到修一早晚也是自己的负担。

养育的负担姑且不论,房子和外孙女们今后的幸福已多半丧失,这应当是信吾的责任。

信吾拿出离婚申请书时,脑子里浮现出与相原殉情的女人。

一个女人确实死了,那女人的生死不值一提。

"变成女鬼了吧。"

信吾自言自语,自己吓自己。

"无谓的一生。"

倘使房子和相原的生活正常,就不会发生女人殉情的事。信吾不免觉得,自己是间接杀人。这样一想,他便动了恻隐之心。

然而，信吾的脑海里并没有浮现出那个女人的姿影，却突然浮现出菊子胎儿的姿影。早早被打掉的胎儿的形象无从浮现，信吾脑海中浮现的是可爱的胎儿。

孩子未能出生，不也是信吾间接杀人的结果吗？

连日阴雨天，老花镜都会滑落。信吾觉得右边的胸口有一种压迫感。

梅雨季节放晴，遽然间艳阳高照。

"去年夏天，邻家的向日葵开花，今年什么花来着……像是西洋菊，开的是白花。仿佛事先商量过似的，并排的四五户人家种了同样的花，真有意思。去年全是向日葵呢。"信吾一边穿裤子一边说。

菊子拿着信吾的外套，站在他面前。

"向日葵……不是全被去年的狂风刮断了吗？"

"也许是这个原因啊。菊子，你最近是不是长高了？"

"嗯，长高了呢。嫁过来后，就一点儿一点儿地长……最近突然猛长，修一也吓了一跳。"

"什么时候……？"

菊子顿时脸上泛起红晕，她绕到信吾身后，帮他穿上外套。

"总觉得你长高了，不像是穿了和服的缘故。嫁过来都好几年了，还会长个子，真是不错呀。"

"晚长，发育不良呗。"

"哪里，更可爱啊……"

信吾觉得，菊子真的水灵可爱。想必修一拥抱时，也能发现菊子长高了。

信吾出了家门，还在想着那个被打掉的胎儿的生命，仿佛他还在菊子的体内生长。

里子蹲在路旁，观望别家的女孩子玩过家家。

孩子们用鲍鱼的壳和八角金盘的绿叶作器皿，剁碎了青草盛在器皿上。信吾趣味津津地伫立一旁。

大丽花和雏菊的花瓣也被剁碎，色彩斑斓地放入器皿中。

地面铺上席子，雏菊的花影艳丽地投落在草席上。

"对，就是雏菊。"信吾终于想了起来。

三四户人家种的、取代去年向日葵的就是雏菊。

里子幼小，孩子们好像不让她参加游戏。

信吾刚要迈步出去，里子就追着喊"外公"，缠住他不让走。

信吾牵着外孙女的手走到临街的拐角处。他看着跑回家的里子的背影，有种夏天的感觉。

在公司的办公室里，夏子伸出白皙的胳膊，正在揩拭玻璃窗。

信吾不经意地问了一句：

"今早的报纸看了？"

"嗯。"夏子淡然应道。

"什么报纸来着？竟然想不起来……"

"报纸吗？"

"忘了在什么报纸上看到……哈佛大学和波士顿大学的社会科学家给千余名女秘书发调查问卷,问她们什么事情最高兴,据说她们异口同声地回答,有其他人在身边时受到表扬。女孩子,不论东方西方,概莫能外。你怎么看?"

"哎哟,那怎么好意思啊。"

"害臊和高兴多半一致。有男人示好,不也是如此吗?"

夏子低头不语。信吾感慨,如今,这样的女孩子不多见啊。

"谷崎就是那一类,就喜欢人见人夸……"

"刚才,约莫八点半吧,谷崎来过的。"夏子笨拙地说了一句。

"是吗?后来呢?"

"她说了中午再来。"

信吾产生了不祥的预感。

他没去吃午饭,在办公室里恭候。

英子打开门站在门口,屏住呼吸,面带哭相地看着信吾。

"哟,今天没带鲜花来吗?"信吾掩饰着内心的不安问道。

英子一本正经地走近前来,像要责备信吾的调侃。

"哦,还要把人支开吗?"

夏子在午休时间外出了,房间里只有信吾一个人。

信吾闻知修一的女人怀孕,大惊失色。

"我说了这孩子不能生呀。"英子颤抖着两片薄唇,"昨天下班途中,我抓住绢子跟她说了。"

"唔。"

"您说是不是啊,太过分了。"

信吾无言以对,阴沉着脸。

英子是把这事和菊子的事联系在了一起。

修一的妻子菊子和情妇绢子先后怀孕,这类事情并非罕见。信吾没想到的是,这竟然发生在了亲生儿子的身上,而且菊子最终做了人工流产手术。

❖ ❖ ❖ ❖

"去看看修一在吗,叫他过来一下……"

"好的。"英子拿出一面小镜子,略显迟疑地说,"做出奇怪的表情,不好意思。再说我来告密,绢子大概也知道……"

"哦,是吗?"

"为这事,我不惜辞掉那家店的工作……"

"那怎么行?"

信吾拿起办公桌上的电话。有其他职员在,他不想在这样的屋子里见修一。修一没接电话。

信吾带英子离开公司,去了附近的西餐馆。

矮小的英子靠近信吾,她仰脸看着信吾的脸色小声说:

"在您办公室工作的那会儿,有一次,您带我去跳舞。您记得吗?"

"嗯。你头上还扎了一根白色的缎带。"

"不对。"英子摇了摇头,"扎缎带是暴风雨后的第二天。您第一次问起绢子,我不知所措。我记得很清楚呢。"

"这样吗?"

信吾想起来了,英子当时说,绢子嘶哑的声音很性感。

"去年九月的事吧?后来为了修一,让你也一直操心……"

信吾没戴帽子,烈日当头曝晒。

"什么忙也帮不上……"

"不怪你啊,我的失误。我们家给你添麻烦了。"

"我十分尊敬您哪。我辞掉了公司的工作,反而更加留恋……"

英子的语气怪怪的,半响儿才结结巴巴地说下去。

"我说了那孩子不能生。绢子却说:'你狂妄地说些什么呢?你懂什么?你这号人懂什么?别多管闲事啦。'最后又说,那是她自己肚子里的事儿……"

"唔。"

"她还说:'谁让你来说这些怪话的?让我跟修一分手,他离开我,不就完事了吗?生孩子,是我自己的事情对不对?任何人都无可奈何。要问生下孩子好不好,别问我啊,你问我肚子里的孩子好了……'绢子还笑话我年轻不懂事。她还告诫我不要嘲笑别人。绢子好像要把孩子生下来呢。事后我仔细一想,她与战死沙场的前夫没孩子嘛。"

"哦。"信吾边走边点头。

"我看着生气才去劝她。生不生，没准儿呢。"

"几个月了？"

"四个月。我还没察觉，店里的人都知道了……听说老板也知道了，规劝绢子莫生。绢子若是因此被辞退，就太可惜了。"英子用手摸了摸半边的脸，"我不知道咋办，只是来告诉您。您和修一商量吧……"

"嗯。"

"您要见绢子，就早点儿啊……"

信吾也在考虑，英子却挑明说了出来。

"哦，上次跟你来公司的那个女人，还跟绢子住在一起？"

"池田吗？"

"是啊，她们两个谁大？"

"绢子可能小她两三岁吧。"

餐后，英子跟着信吾走到公司门口，带着哭相微微一笑。

"告辞了。"

"谢谢。你回店里去吗？"

"嗯，绢子最近总是早早回家。店里六点半下班。"

"莫非……这会儿可没法去店里啊……"

英子像是催促信吾今天去见绢子，信吾却打了退堂鼓。

回到镰仓的家，他觉得还是无法面对菊子。

修一出轨期间，菊子连怀孕心里都感觉别扭。这种洁癖使她拒绝生子。她肯定做梦也想不到，那个情妇竟然怀孕了。

信吾知道菊子做完人流手术后,回娘家住了两三天,返回婆家后跟修一和睦起来。修一每天早早回家,似乎对菊子也更加关爱。这究竟是怎么回事呢?

往好里想,修一没准儿是被想要孩子的绢子折磨,是想疏远绢子或对菊子表示歉意。

然而,信吾的脑海里仿佛充斥着令人讨厌的颓废和陈腐的道德。

其生成的根由在哪里呢?在信吾看来,连胎儿的生命都与妖魔相关。

"要是出生,就是我的孙子了。"信吾自言自语。

蚊 群

信吾在本乡路大学一侧步行了一段路程。

他在商店街一侧下车。要拐入绢子家所在的小街,唯有走这侧的入口。而他却特意跨过电车轨道,走向了对面一侧。

这是专访儿子情妇的家,信吾郁闷且踌躇。她已经怀孕,初次见面,怎么说呢?"请你不要生下这孩子",信吾说得出口吗?

"这不是杀人吗?你还说不想弄脏老人的手。"信吾自言自语,"当然所有的解决方式都是残酷的。"

按说不该由父母出面,此事应由儿子自己去解决。信吾未跟修一打招呼,就想去绢子那儿看看。这似乎是一种证据,证明他对修一缺乏信赖感。

信吾非常吃惊,不知从何时起,自己和儿子之间产生了意想不到的隔阂。去见绢子,与其说是替修一解决问题,莫如说是怜悯菊子,为菊子激愤而鸣不平……

残阳夕照,耀眼的阳光留存在大学林木的树梢上,人行道则在阴影之中。身着白衬衫、白裤子的男学生,跟女学生一起围坐在校园的草坪上,仿佛是梅雨天放晴的景致。

信吾用手抹了一把脸颊,酒醒了。

离绢子下班还有一段时间,晚餐时,信吾邀请其他公司的朋友去了西餐厅。好久不见,禁不住喝了点儿酒。餐厅在二楼,上楼前已在楼下的酒馆小酌,信吾也陪着喝了点儿。餐后又到酒馆坐下来。

"怎么,这就回去吗?"

朋友惊奇。他觉得好久不见,自当畅饮畅叙,所以事先就给筑地的某处挂了电话。

信吾说要去见人,约莫一个小时,说罢便出了酒馆。朋友在名片上记下自己筑地的家庭地址和电话号码后递给信吾,信吾却并不打算前往。

信吾沿大学的围墙前行,寻找马路对面的胡同入口。他已印象模糊,却正是这条胡同。

入得朝北的昏暗的大门,简陋的木屐箱上是一个盆栽,种着西洋花卉,还挂着一把女式阳伞。

一个系围裙的女人从厨房里走出来。

"哎哟!"

她似乎有点儿拘谨,摘下了围裙,下面穿着深蓝色的裙子,光着脚。

"池田小姐吧?记得你来过敝公司……"信吾说。

"哦，英子带我去的，失礼了……"

池田一只手握着揉成团的围裙，跪坐下去望着信吾，似在探询对方的来意。她的眼圈边生着雀斑，大概是没有化妆的缘故，那雀斑尤其扎眼。细细的鼻梁，单眼皮，略显落寞。肤色白皙，容貌姣好端庄。

新罩衫可能是绢子给她缝制的。

"其实，我是想见见绢子小姐……"信吾恳求似的说。

"这样啊。她还没回来，也快回来了。请进屋吧。"

厨房里飘来煮鱼的香味。

信吾本想等绢子回家吃过晚饭后再来，却在池田的挽留下进了客厅。

八张铺席大小的房间里堆满了时装样本，还有许多像是外国的流行杂志。杂志旁边立着两具法国人偶，多彩的衣裳与陈旧的墙壁很不谐调。缝纫机上垂挂着正在缝制的绢料，艳丽的丝绸更显出铺席的肮脏。

缝纫机左边是一张小桌，上面放着小学课本，还有一张男孩儿的照片。

缝纫机和桌子之间摆有一张梳妆台。后面的大柜前立着一面格外醒目的大穿衣镜，也许绢子缝制成衣后在此试衣，或是打短工的客人在此试衣。穿衣镜旁还有一个颇大的熨衣台。

池田从厨房里端来了橙汁，发现信吾正在看孩子的照片，率直地说：

"我的孩子。"

"是吗？在上学吗？"

"不，不在我身边，留在丈夫家里呢。这些书……我不像绢子，我没有固定的工作。我干的工作类似于家庭教师，六七家转……"

"这样啊。我说呢，一个孩子哪有这么多课本……"

"对啊。各年级的孩子……和战前的小学大不相同了。我并不能胜任，与孩子一起学习，就觉得跟自己的孩子在一起……"

信吾点头，对这个战争寡妇真的无语。

绢子也一样嘛，也在自食其力地工作。

"您怎么知道我们住在这里？"池田问，"修一说的吗？"

"哪里，以前来过一次。来了却没有进屋，约莫是去年的秋天。"

"哦，去年秋天？"池田抬头望了望信吾，旋即又垂下了眼帘，沉默片刻后回了一句，"这一阵子，修一可没到这里来。"

信吾思忖，是否该把今天的来意也告诉池田。

"听说绢子怀孕了……"

池田蓦地抽动一下肩膀，把视线移到自己孩子的照片上。

"她是打算把孩子生下来吗？"

池田依旧盯着自己孩子的照片。

"您直接跟绢子谈吧。"

"也是。不过，这样母子都会不幸的。"

"不论是否怀孕,说起来,绢子都真的是不幸啊。"

"你也劝过她同修一分手对吧?"

"是呀,我也认为这样下去不行……"池田说,"绢子比我能力强,算不上什么规劝。我和绢子的性格大不相同,却合得来。在'未亡人之会'相识以后,我们就在一起生活,绢子给了我生活的勇气。我俩都搬出了丈夫的家,也都不回娘家,可以说是自由之身吧。我们约定要自由地思考人生。虽然带着丈夫的照片,却压在了箱底。孩子的照片没关系……绢子喜欢阅读美国杂志,也借助字典翻阅法国杂志。她说全是裁缝类杂志,没几个文字,估摸着就能读下来。不久,她可能还要经营自己的店铺。我俩谈到再婚,可我怎么也想不明白,她为什么总跟修一扯不清……"

门刚打开,池田就站起身来……信吾听见她们私语:

"回来了,尾形先生的父亲来了。"

"找我吗?"一个嘶哑的声音传来。

❖ ❖ ❖ ❖

绢子像是去了厨房喝水,而后传来自来水的声音。

"池田,你也过来一下吧……"

绢子回头说了一句,走进客厅。

她身穿华丽的套裙，可能因为个子大，所以信吾看不出她有了身孕。信吾无法想象嘶哑的声音竟出自她那小小的樱唇。

梳妆台放在客厅里，她像是用随身携带的化妆盒略施了粉黛。

她给信吾的第一印象并不坏，扁平的圆脸，看不出像池田说的那样意志坚强，手也胖乎乎的。

"我是尾形。"信吾说。

绢子没有应声。

池田也走过来，在小桌边面对信吾落座。

"客人来好久了。"

绢子不语，明朗的脸上并未显露出反感与困惑的表情，毋宁说看样子像要哭。信吾想起来，那次修一在这家里喝得酩酊大醉，逼池田唱歌，绢子就哭了起来。

绢子像是从闷热的街上急匆匆赶回家里的，满脸通红，丰满的胸脯在起伏。

信吾不忍说出难听的话……

"我来见你，有点儿奇怪吧。不过我是非来不可……我要说什么，你大概可以想象到吧。"

绢子仍旧没有应答。

"当然，我要说修一的事。"

"要说修一的事吗？那没什么可说的。您要让我赔罪吗？"绢子突兀地顶撞了一句。

"不，应该是我向你道歉。"

"我和修一已经分手，不会再给府上添麻烦啦。"绢子说着望了望池田，"这样还不行吗？"

信吾语塞，终于说出了一句：

"孩子还是留下来了对吧？"

绢子脸色骤变，鼓足了气力说：

"您说什么呀？我听不明白啊。"

她声音低沉，还是嘶哑的嗓音。

"失礼了，你不是怀孕了吗？"

"必须回答这种问题吗？一个女人想要孩子，旁人为何要阻挠？男人怎么会懂女人的想法？……"

绢子语速很快，眼泪汪汪。

"你说旁人，可我是修一的父亲啊，你的孩子也该有父亲对吧？"

"没有。战争寡妇下决心生下私生子。我别无所求，只求您让我把孩子生下来。求您发发慈悲，发发善心。我腹中的孩子是属于我的。"

"你说得也有道理。不过，你今后还要结婚生子……何必非要生下这不自然的孩子呢？"

"有什么不自然的？"

"……"

"我不能保证一定会结婚，也一定会再有孩子，您是在说上帝的预言吗？以前我就没有孩子嘛。"

"孩子和父亲的关系很麻烦的，会给孩子和你带来痛苦的……"

"无数孩子的父亲战死了，受折磨的是他们的母亲。您就将孩子当作战争期间在南方留下的混血儿吧。男人早就忘却了，孩子是由母亲抚养的。"

"我说的是修一的孩子。"

"不用府上照顾，总可以吧？我发誓决不死乞白赖地央求你们。再说，我和修一已经分手了。"

"没那么简单吧。有了孩子，会有无尽的麻烦。父子缘分也是无法切断的啊。"

"不，不是修一的孩子啊。"

"你大概也知道修一的媳妇不会生孩子吧？"

"夫人要生多少生多少啊，不生要后悔的。养尊处优的太太怎么会理解我的心情……"

"你也不懂菊子的心情。"

信吾不禁脱口说出了菊子的名字。

"修一让您来的吗？"绢子诘问似的说，"修一不准我生孩子。他打我、踩我、踢我，还拽我去找医生，把我从二楼拖了下来。这样的暴力和花招，是修一对自己妻子的情分吗？"

信吾一脸尴尬。

绢子回头望了望池田。

"太过分了，对吧？"

池田点了点头，对信吾说：

"绢子将剪裁西服的布头儿攒起来,打算给孩子做尿布呢。"

"我被他踢过后,担心胎儿受伤,就去看了医生。"绢子接着说,"我对修一说,这不是他的孩子,不是他的孩子,我们就这样分手了。他没再来过这里。"

"你的意思,这是别人的……?"

"是的,您这样理解就好啊。"

绢子抬起头来,她一直在流泪,新的泪水又从脸颊上流淌下来。

信吾束手无策,他发现绢子很美,可仔细端详后,五官的形态并不美,只是乍一看有美人的印象。

然而绢子这样一位貌似温顺的女人,却让信吾觉得无法靠近。

◆◆◆

信吾垂头丧气地离开了绢子家。

绢子收下了信吾给她的支票。

"你同修一倘若真的分了手,还是收下的好。"池田爽快地说。

绢子也认同。

"是吗?分手费吗?我有资格拿这笔钱啰。要收据吗?"

信吾拦下一辆出租车。他无法判断，绢子是否会跟修一再度和解，然后去做人工流产手术，抑或就此断绝了关系。

绢子对修一的态度和信吾的来访统统表示反感，还十分激动，同时也展示了女人渴望孩子的强烈的哀切愿望。

让修一继续接近她也是危险的。可是这样下去，她就会生下孩子。

倘若如绢子所言这是别人的孩子，那该有多好，可修一连这个都搞不清楚。绢子赌气的话，修一竟信以为真。事后倘无纠纷，倒也天下太平，但生下孩子却是严酷的现实。自己总要死的，未曾谋面的孙子却活在人世。

"这算什么事儿啊……"信吾嘟囔了一句。

相原同情妇殉情后，便仓促提出了离婚申请。信吾不得已要收养女儿和两个外孙女。即便修一跟他的情妇分了手，孩子想必还在这个世界上。两件事都没有彻底地解决，都只是一时的糊涂。

对任何人的幸福，自己都无能为力。

自己同绢子笨拙的对话令其懊丧不已。

信吾本打算由东京站回家，但看到兜里朋友的名片，便乘车绕去朋友筑地的家。

他想跟朋友倾诉苦衷，但是朋友跟两个艺伎喝醉了酒，哪里还说得成话。

信吾记得，有一次参加宴会，归途乘车时他让一个年轻的艺伎坐在了腿上。女孩子一来，朋友就没完没了地胡扯——不可小觑啦，颇具眼力啦，诸如此类。信吾已记不清她的容貌，却还记得她的名字。这对信吾来说，真是破天荒。不过，那真是个可怜文雅的艺伎。

信吾和她进了小屋，什么也没做。

女孩自然温柔地将脸贴在信吾胸前，信吾琢磨着这是在卖弄风情。女孩的样子似已入梦。

"睡着了吗？"信吾瞅了瞅问。

但她紧紧依偎着自己，信吾看不见她的脸。

信吾微微一笑，看着这个将脸贴在自己胸前安然入睡的女人，他感受到温馨的慰藉。她比菊子小四五岁，也就是个十几岁的孩子吧。

这或是娼妇的凄怆。然而搂着一个年轻女人入睡的信吾，却沉浸在一种安心、安逸的幸福之中。

信吾觉得，幸福或许就是这种瞬间的虚幻的感觉。

信吾木然地思忖，莫非性生活方面也有贫富、时运的差异？他悄悄地溜了出来，乘末班电车回家。

保子和菊子还在客厅里等候，时过一点。

信吾避视菊子的脸。

"修一呢？"

"先睡了。"

"哦？房子也睡了？"

"嗯。"菊子一边整理信吾的西服一边说。

"今天到这会儿都是晴天，又该转阴了吧？"

"是吗？我倒没注意……"

菊子站起身，信吾的西服掉落下来，她又捋了捋西裤的裤线。

信吾发觉菊子的头发剪短了，莫非去了美容院？

听着保子的鼾声，信吾好不容易才入睡，旋即做了个梦。

信吾变成一个年轻的、身着军服的陆军军官，腰佩日本刀和三把手枪。那把刀好像是修一出征时让他带走的祖传之物。

信吾走在夜间的山路上，带着一个樵夫。

"夜路危险，我也很少走。您靠右侧走安全些。"樵夫说。

信吾靠到右侧，不安地打开了手电筒。手电筒的玻璃镜片四周镶满闪闪发光的钻石，光亮比一般的手电筒更亮。信吾突然发现有个黑色的物体挡在了眼前，仿佛是两三棵大杉树的树干。仔细一瞧却是蚊群，蚊群聚成了大树的形状。信吾不知如何是好。必须杀出重围，于是信吾拔出日本刀，奋力地砍杀蚊群。

信吾不经意间回头，看见樵夫跌跌撞撞地逃走了。信吾的军服处处冒火。奇怪的是，信吾竟变成了两个人，另一个信吾凝视着身穿冒火的军服的信吾。火舌沿袖口、肩线或衣服边角冒出，随即又熄灭。并未燃烧，而是像星星点点的炭火一样，发出毕毕剥剥的爆裂声。

信吾总算回到了自己家，那像是孩提时代的信州农家。他仿佛看到了保子美丽的姐姐。信吾身心俱疲，全无心痒之感。

逃跑的樵夫总算回到了信吾家,一到家就昏倒了。

樵夫背着一个大桶,装着满满一桶蚊子。

奇怪!他怎么能抓到这么多蚊子?信吾清楚地看到桶里装满了蚊子。此时梦醒了。

"莫非蚊子钻进了蚊帐?"

信吾侧耳静听,头脑却浑浊沉重。

下雨了。

蛇　卵

入秋以后，信吾才显现出夏日的疲劳。他常在归途的电车上打盹儿。

下班时间，横须贺线的电车每隔十五分钟一趟，二等车厢并不拥挤。

信吾还是头晕，迷迷糊糊的，如梦似幻。他脑海里浮现出洋槐树来，洋槐树上挂满了花。信吾经过时，诧异东京街道两旁的洋槐树也都开了花。这条路从九段下一直延伸至皇宫的护城河边。八月中旬，细雨霏霏。只有一棵洋槐树树下的柏油路上撒满了槐花。信吾诧异，从车厢里回头时竟留下了这般印象。浅黄色的小花微微泛绿。即使没有这些落花，街边洋槐树的满树槐花也会给信吾留下印象。当时正在归途中，信吾去医院探望了罹患肝癌而住院的朋友。

这个朋友是信吾大学同期的同学，平素少有往来。

他显得十分衰弱，病房里仅有一位专职护士。

信吾不知道这位朋友的妻子是否还在。

"你见宫本了？见不到也请挂个电话，拜托那桩事儿……"朋友说。

"什么事儿？"

"元旦同窗会时，说过的那桩事呀。"

信吾猜到是指氰化钾，显然他已经知道了自己的病情。

在信吾这些花甲之年的同学的聚会上，衰老、退化和绝症的恐怖成为经常的话题。宫本的工厂使用氰化钾，有人便说，倘使罹患了绝症，就向宫本索要此等毒药。长期忍受疾病折磨是痛苦的，既然已经被宣告了死期，就应当有选择死期的自由。

"可那只是酒后胡言哪！"信吾支吾其词。

"谁会用那个呢？我不会用的。恰如当时所言，只是想拥有自由罢了。只要有了自由，就可以随时离开，于是产生了忍受苦痛的力量，对吧？我想有最后的自由或唯一的反抗，仅此而已，我保证不用氰化钾。"

说话时，朋友的眼睛里一丝光芒闪烁。护士一言不发，在用白线编织毛衣。

信吾没去求宫本，想到濒死的病人期盼获取……他就产生厌烦感。

离开医院的归途中，看到街道两旁的洋槐树开着花，信吾如释重负。可是一打盹儿，洋槐树又在脑海里浮现，说明病人的事仍在脑海里萦绕。

信吾睡着了。蓦地醒来，电车已经停了。

车并非停在站上。

这边的电车一停，在旁边的轨道上奔驰的上行电车强烈的呼啸声震耳欲聋，把他惊醒了。

信吾乘坐的这趟电车走走停停……

一群孩子沿小路朝电车这边跑来。

有旅客探出窗口，望了望前行的方向。

从左侧窗口看到的是工厂的混凝土墙。围墙与铁路之间有满是污水的小沟，即使在电车里也能闻到一股恶臭。

右侧窗口是一条孩子们奔跑的小道。一条狗将鼻子伸进路旁的青草丛中，长时间一动不动。

小道与铁道交接处，有钉着旧木板的两三间小屋。一个像是白痴的姑娘从方洞般的窗口冲着电车招手，动作无力而迟缓。

"十五分钟前开出的电车在鹤见站因为事故停车，让大家久等了。"列车员说。

信吾前面的外国人将同行的青年摇醒，用英语问道：

"他说什么？"

青年双手抱住外国人粗大的胳膊，脸靠在外国人肩上睡着了。他睁开眼睛，姿势不变，撒娇似的仰脸望着外国人。他睡眼惺忪，双眸充血，眼窝塌陷。头发染成了红色，发根却露出黑色。只有发尖部分红得异常。信吾心想：八成是勾引外国人的男娼。

青年把外国人膝上的手朝上翻，再将自己的手叠上后温柔地相握，像是一个心满意足的女人。

外国人的衬衫像坎肩，露出棕熊般的毛茸茸的胳膊。青年并不瘦小，外国人却魁伟彪悍，对比下青年就像个孩子。外国人腆着个肚子，粗大的脖子大概连转头都困难。他对于青年的示好，完全是一副漠然的态度。他面相可惧，气色却很好。相形之下，土色青年显得更身心俱疲。

外国人的年龄不好猜，但从他光秃的大头、脖颈上的皱纹以及赤裸胳膊上的老年斑来看，信吾觉得或与自己的年龄相仿。念及于此，信吾就觉得这外国人像一头巨大的怪兽，到外国是来征服外国青年的。青年穿一件胭脂般暗红色的衬衫，打开上扣露出了胸口。

信吾总觉得这青年不久就要死去，于是他把视线移开了。

小臭水沟周围丛生着绿油油的艾蒿。电车仍然停着不动。

❖ ❖ ❖ ❖

信吾讨厌挂蚊帐，因为闷得慌，所以早就不挂了。

保子几乎每晚都抱怨，并不时地拍打蚊子。

"修一那边还挂着蚊帐呢。"

"那你到修一那边睡去好了。"

信吾望着没有蚊帐遮挡的天花板。

"我不能去修一那边。不过,明晚起我要到房子那边去。"

"不错啊。可以抱着一个外孙女睡。"

"里子都有妹妹了,怎么还黏着母亲呢?不会是精神异常吧?她时常露出奇怪的眼神。"

信吾没有回答。

"父亲不在才会那样吧。"

"与你更亲近些,也许会好。"

"我觉得国子比里子好。"保子说,"你也应该更喜欢国子……"

"相原不知是死是活,连个音讯也没有。"

"提交了离婚申请书,没事了吧?"

"这就算了断了吗?"

"对啊。况且,就算他还活着,谁知道他在哪里啊……唉!婚姻失败让人万念俱灰。都生两个孩子了,一离婚就变成这个德行,看来真不是一结婚就万事大吉。"

"婚姻失败,也该留下点儿美好的余情念想。房子确实有房子的毛病。相原时运不济,吃了多少苦,房子恐怕不懂温柔地关心体谅。"

"男人自暴自弃,女人束手无策,有时真的无法接近呢。遭到抛弃还一直忍着,房子恐怕只有跟孩子们一起去死啦。男人走投无路,也许还有别的女人一起去死,看来没有被抛弃。"保子接着说,"眼下修一看着还好,可谁知道什么时候又会怎么样,这次的事让菊子十分难堪……"

"孩子的事儿对吧?"

信吾的话有双重含义:菊子生不了,而绢子非要生。关于后者,保子并不知情。

绢子反抗说那不是修一的孩子,生不生信吾无权干涉。是不是修一的孩子,信吾无从知晓,但总觉得她是故意那样说的。

"也许我该钻到修一的蚊帐里睡觉。也许他同菊子两个人又不知在商量什么鬼事呢。真可怕……"

"商量什么鬼事呢?"

仰面躺着的保子朝信吾翻过身来。她似乎想握住信吾的手,然而信吾的手却没有伸出来。于是她轻触了一下信吾的枕边,悄悄地说:

"菊子嘛,好像又怀孕了呢。"

"哦?"信吾吃了一惊。

"真有点儿太快了。房子看出来的,说菊子可能是怀孕了。"保子不再装腔作势,仿佛坦白自己怀孕了一般。

"房子那样说的吗?"

"太快了。"保子重复道,"我是说她的善后处置太快了。"

"菊子告诉房子的?还是修一……?"

"哪里,我想是房子自己观测的。"

保子用了"观测"的字眼,有点儿怪异。信吾觉得,是回了娘家的房子挑眼弟媳。

"你去跟她说说吧,这次可要小心谨慎。"

信吾心中忧郁,要是听说菊子怀孕了,绢子要生下孩子的愿望就会变得更加迫切。

两个女人同时怀着一个男人的孩子,或许不是什么奇怪的事。然而,事情发生在自己的儿子身上,就伴随着一种奇怪的恐怖。莫非是复仇什么的或诅咒?简直是一幅地狱图景。

说起来,怀孕不过是极其自然的健康的生理状况,可信吾这会儿哪有那般豁达的心态。

而且这是菊子第二次怀孕。菊子上次堕胎,绢子也已怀孕。绢子还没把孩子生下来,菊子又怀孕了。菊子并不知晓绢子怀孕。想必绢子已大腹便便,也该有胎动了吧。

"这次我们都知道了,即便是菊子也不能随意行事了吧。"

"是啊。"信吾提不起精神,"你也跟菊子好好唠唠吧。"

"菊子若是生个孙子,你会喜欢的,对吧?"

信吾失眠了。

他焦灼地希望能有一种暴力阻止绢子的生育,他沉浸在一种凶恶的空想之中。

绢子说了那不是修一的孩子,那么调查一下绢子的品行或能发现令人宽慰的秘密。

庭院里的虫鸣声不绝于耳。已过了凌晨两点,这是什么虫鸣不得而知,但显然不是铃虫,也不是松虫。信吾仿佛躺在阴暗而潮湿的土地上。

近来梦多,黎明时分又做了个梦。

来龙去脉记不清了。醒来时，他仿佛还看见梦中的两只白卵。除了沙粒，沙滩上还并排着两只卵：一只是鸵鸟卵，很大；另一只是蛇卵，很小。蛇卵的壳上有些裂缝，可爱的小蛇探出头来蠕动着。信吾注视着小蛇，觉得真可爱。

信吾之所以做这样的梦，显然是因为对菊子和绢子的事难以释怀。他当然无从知晓哪个胎儿是鸵鸟卵，哪个胎儿是蛇卵。

"咦，蛇究竟是胎生还是卵生啊？"信吾自言自语。

◆ ◆ ◆ ◆

翌日是周日。九点过后信吾还没起床，他双腿乏力。

清晨回想起来，不论是鸵鸟卵还是从蛇卵里探头的小蛇，都挺瘆人。

信吾郁郁地剔完牙后，走进了客厅。

菊子把旧报纸摞起来用绳子捆上，大概是拿去卖。

菊子的工作即为保子按日期整理报纸，晨报归晨报、晚报归晚报。

菊子起身给信吾沏茶。

"爸爸，有两份关于两千年前的莲花的报道。您看了吗？我单放在这里……"

菊子说罢，将两份报纸放在不同的矮桌上。

"哦，好像看过了。"

信吾又一次拿起报纸。

先前报纸报道：从弥生式古代遗址中发现了约莫两千年前的莲子，莲博士使之发芽、开花。信吾还将这份报纸送到菊子的房间。菊子刚做完人工流产手术，从医院回到家中卧床。

其后又有两次关于莲花的报道。一次报道说，莲博士将莲根分别种植到母校东京大学的"三四郎池"①。另一次报道源自美国，说东北大学某博士从中国东北地区的泥炭层中发现了化石莲子，送到了美国。华盛顿国立公园剥去了变硬的莲子外壳，用浸湿的脱脂棉包上，放入玻璃器皿中。去年，竟萌发出可爱的新芽。

今年将它移植到池中，长出了两个蓓蕾，绽开了淡色的红花。公园管理处公开说，那是上千年乃至五万年前的种子。

"先前读了这个报道，此言当真的话，上千年乃至五万年也真是过于夸张了。"信吾笑笑又仔细阅读了报纸。日本的博士从发现种子的地层推断那是数万年前的种子；而美国则把种子的外壳剥掉，用"碳-14"放射能检测，推测的时间约莫是上千年以前。

这是报社特派员从华盛顿发回的通讯。

---

①"三四郎池"：东京大学校园内的水池。夏目漱石的小说《三四郎》刊出后，该水池被称作"三四郎池"。

"可以处理掉吗？"

菊子说着将信吾放在身旁的报纸捡了起来。她的意思大概是，报道莲花消息的这张报纸是否也可以卖掉。

信吾点了点头。

"不论是上千年还是五万年，莲子的生命都很长。比起人的寿命，植物种子几乎是永恒的生命啊。"信吾说着瞅了瞅菊子。

"要是我们也能埋在地下一两千年不死，憩息多好……"菊子像在自言自语。

"埋在地下……"

"不是坟墓，不是死，而是休眠。人真的无法埋在地下憩息吗？五万年后复苏，自己的困难、社会的难题已完全解决，世界或已变成乐园。"

房子在厨房里给孩子吃东西，她喊道：

"菊子，这是给爸爸准备的饭菜吗？过来一下好吗？"

"哦。"

菊子起身，旋即端来了信吾的早饭。

"都吃过了，就剩爸爸您了……"

"噢，修一呢？"

"去钓鱼池了。"

"保子呢？"

"在院里。"

"哦，今天不吃鸡蛋了。"

信吾说着将盛着生鸡蛋的小碗递给了菊子。他想起了梦中的蛇卵。

房子烤了鲽鱼干,不声不响地放在餐桌上,又去了孩子那边。

菊子接过饭碗。信吾直截了当地小声问道:

"菊子,要生孩子啦?"

"没。"

菊子简短地回答,突如其来的提问像是让她受到了惊吓。

"没,没有的事。"菊子摇了摇头。

"没有的事吗?"

"嗯。"菊子疑惑地望着信吾,满脸通红。

"这回可要当回事啊。之前我跟修一说过,我问他:'你能保证今后菊子还能生下孩子吗?'修一简单回答:'可以保证啊。'我告诉他:'这说法正是无畏天惩、缺少仁爱的证明。'其实,就连自己明日的生命我都是无法保证的。孩子无疑是修一和菊子你的,也是我们的孙子啊。菊子你肯定会生个好孩子的。"

"真对不起。"菊子说着垂下头来。

看不出菊子有什么隐瞒。

房子凭什么说菊子好像怀孕了呢?信吾怀疑房子捕风捉影。房子觉察了,当事人菊子竟没有觉察?

刚才的对话不会被厨房里的房子听见了吧?他回头望了望,房子带着孩子出去了。

"修一以前没去过钓鱼池吧?"

"嗯。也许是找朋友问事去了。"菊子说道。

信吾却想,修一真的会跟绢子分手吗?

星期天,修一也常去情妇那里。

"过一会儿,去钓鱼池看看好吗?"信吾对菊子说。

"好。"

信吾走到庭院,保子站在那里仰望樱树。

"怎么啦?"

"没什么,樱树的叶子掉了,长虫子哩。我还以为茅蜩在樱树上叫呢,不料叶子都没了。"

说话时,枯黄的叶子不停地散落。没有风,树叶来不及翻飞就直落下来。

"听说修一去了钓鱼池,我带菊子去看看……"

"去钓鱼池吗?"保子回过头问道。

"刚才问了菊子,她说没有怀孕。房子神经过敏……"

"是吗?你问的吗?"保子傻愣愣地问。

"真让人失望啊。"

"可房子怎么胡思乱想呢?"

"是啊,怎么回事啊?"

"我在问你呢……"

两人折回房间时,菊子已穿上白毛衣和袜子,在客厅等候。

她搽了一点儿胭脂,打起了精神。

◆◆◆◆

电车车窗上突然映现出红花,原来是石蒜。它在铁路旁的土堤上开花,电车驶过时花在眼前摇曳。

信吾凝望着樱花初绽的户塚堤上,石蒜花盛开的情景。樱花初绽,红得格外鲜艳。

清晨,红花令人联想起秋野的静谧。

还看见新出的芒草穗儿。

信吾脱下右脚上的鞋,把脚架在左膝上揉了揉脚底。

"怎么了?"修一问。

"脚乏。最近在车站上楼梯,有时简直走不动。今年总有乏力的感觉,生命力衰退了。"

"菊子担心呢,说爸爸您太劳累了。"

"哦,我们说过埋入土中休眠五万年……"

修一讶异地望着信吾。

"莲子的故事啊。报纸上说太古年代的莲子发了芽,还开了花呢……"

"啊?"修一点燃了一支香烟,"爸爸您问菊子是否怀孕,她很难堪呢。"

"到底怎么样呢?"

"还没有吧。"

"那么,绢子怀的孩子呢?"

修一语塞,用抵触的口吻说:

"听说爸爸您去过了,还给了她分手费。根本没必要嘛。"

"你什么时候听说的?"

"间接听说的。我跟她已经分手了。"

"孩子是你的吗?"

"绢子一口咬定说不是……"

"不管她怎么说,这是你自己良心的问题啊!到底怎么回事?"信吾的语声有点儿颤抖。

"我不懂什么良心不良心……"

"什么?"

"我折磨自己有什么用啊?女人的疯狂决心太恐怖了。"

"她比你更加痛苦。菊子也是如此……"

"可分手以后,绢子还是绢子,活得反而自由自在。"

"这样行吗?你真的不想知道那是不是你的孩子?还是你的良心早已知晓……"

修一不答,眨巴着眼睛。作为男人,他有格外漂亮的双眼皮。

信吾公司的办公桌上有一张黑框明信片。那位患肝癌的朋友衰竭而终,信吾总觉得他辞世太早。

莫非有人给了他毒药?也许他不只托付了信吾一个人,或者是用别的办法自杀的。

桌上还有一封谷崎英子的来信,告知她已从过去的裁缝店转到另一家,还说之后不久,绢子也辞去了店里的工作迁居沼津。绢子对英子说东京生活艰难,而她在沼津有一家自己的小店。

英子虽未言及,信吾却想象得到,绢子也许要躲到沼津把孩子生下来。

莫非真如修一所言,绢子跟修一、信吾已无任何关系,只是一个获得了自由的女人?

信吾望着窗外澄澈的阳光,一时间茫然懵懂。

那个与绢子同居的女人池田孑然一身,不知何去何从。

信吾很想见见池田或英子,打听一下绢子的情况。

下午,信吾去吊唁友人之死,才知道死者的妻子七年前已过世。死者生前同长子夫妇一起生活,家中有五个孙辈。友人的长子、孙辈们似乎都不像那位死去的朋友。

信吾怀疑这位朋友是自杀。当然不该问及此事。灵柩前摆放着许多鲜花,很多是美丽的菊花。

回到公司,他跟夏子一起整理文件,不料菊子打来了电话。信吾颇觉不安,不知发生了什么事情。

"菊子?在哪儿?东京?"

"嗯,回了娘家。"菊子笑得明朗。

"妈妈说有点事情商量,我就回来了,其实也没什么事。她只是寂寞了,想见见我罢了。"

"真的吗?"

信吾感觉一股暖流渗入心胸。电话里菊子的语音清纯悦耳,恍若年轻姑娘的声音。可那感觉,好像又不仅仅源自于此。

"爸爸,您该下班回家了吧?"

"嗯。家里都好吧?"

"好着呢。我想跟您一起回去,才打了电话……"

"是吗?我说菊子,你可以多住几天嘛,我会跟修一说的。"

"不,这就回去。"

"那么,你顺便来公司吧。"

"可以吗?本想去车站等您的。"

"你来吧。我跟修一联系,咱们三人吃了饭再回去……"

"听说他去了哪儿,不在公司呢……"

"是吗?"

"我这就过去,行吗?早就做好出门的准备了。"

信吾觉得眼皮都温乎乎的,窗外的街市突然间变得清晰明朗起来。

秋　鱼

十月里的一天早晨,信吾在系领带,突然手不听使唤了。

"哎,咦……?"

他把手放下休息,一脸困惑。

"怎么回事?"

他将扭在一起的领带解开重来,可照旧系不上。

他拽住领带的两头举到胸前,歪着脑袋打量。

"您怎么啦?"

菊子站在信吾的侧后方,准备帮他穿西服的,此时绕到了身前。

"系不上领带了,全忘了,真奇怪。"

信吾的手法笨拙,慢悠悠地将领带绕在手指上,试图穿过另一头,不料又缠成了一团。他一副诧异不解的表情,目光里显现出黯淡的恐怖和绝望。菊子受到了惊吓。

"爸爸!"菊子喊道。

"怎么系来着?"

信吾苦思冥想,却已脑力不足。他呆立在那里。

菊子不忍目睹,她将信吾的西服搭在一只胳膊上,走近信吾面前。

"怎么系呢?"

菊子拿着领带不知所措。她的手指在信吾的老花眼里变得朦胧起来。

"全忘了呀。"

"爸爸您每天都是自己系领带的呀……"

"没错啊。"

在公司工作四十年,信吾每天都是自己系领带,可今天早上为何系不上了呢?以前根本不用多想,手法自然熟练。

信吾忽然有点儿害怕,莫非到了机能开始丧失的年岁?

"我天天看您系领带,可是……"

菊子一脸认真,绕来绕去试图给信吾系上领带。

信吾听任菊子摆布,隐约萌生了孩提时寂寞撒娇的感觉。

菊子的头发里飘逸出一股香气。

她蓦地止住了手,脸颊绯红。

"我不会系呀。"

"没有给修一系过吗?"

"没有啊。"

"只是在他酩酊大醉回家时,替他解领带吗?"

菊子稍稍离开点儿距离,胸口发紧,定定地望着信吾垂下的领带。

"妈妈会系吧。"菊子喘了口气,大声唤道,"妈妈,妈妈,爸爸说他系不上领带了……您过来一下好吗?"

"又怎么啦?"保子呆呆地走出来,"自己系不就行了吗?"

"爸爸忘记怎么个系法了。"

"怎么突然就忘了呢?真是怪事。"

"真是奇怪呀。"

菊子让到一旁,保子站在了信吾面前。

"哎,我也不太会……也忘了啊。"

保子说着,手持领带将信吾的下巴颏儿轻轻地一抬,信吾便闭上了双眼。

保子好歹系上了领带。

信吾仰着头,或因压迫了后脑而变得恍惚起来,一时间眼冒金星,恍若夕阳映照下大雪崩掀起的雪雾,还听见了轰鸣的声响。

莫非是脑出血?信吾在惊吓中睁开了眼睛。

菊子屏住气息,注视着保子的手法。

那是信吾在故乡山上见过的雪崩的幻影。

"这样行了吧?"

保子给他系好了领带,拽着正了正。

信吾也伸手摸了摸,碰到了保子的手指。

"噢……"信吾想起来了。

大学毕业第一次穿西服时,是保子美丽的姐姐给自己系的领带。

信吾像是有意避闪保子和菊子的目光，把脸朝向了西服柜的镜子。

"这就行了。哎呀，老糊涂了，突然连领带也不会系了，真是可怕呀。"

保子竟然会系领带，想必新婚期间，信吾曾让保子系过领带。可是现在他已完全没有了记忆。

姐姐死后，保子去搭把手，想必给英俊的姐夫系过领带。

菊子趿拉着木屐，忧心忡忡地把信吾送到门口。

"今晚几点回来？"

"不开会就早早回来。"

"早点回来吧。"

大船附近，透过电车的车窗可望见晴朗秋日的富士山。信吾看了看领带，发现左右反了，想必是保子因站位错觉而弄反了。左边太长，缠绕打结。

"什么呀？！"

信吾解开领带，三两下重新系上。

方才忘记系法的说辞就像是谎言。

◆◆◆◆

近来，修一和信吾常常结伴回家。

横须贺线上,白天三十分钟一趟的电车,傍晚就十五分钟一趟,有时反而人少。

在东京车站,信吾、修一并排坐着的座位前排坐着一个女人。

"麻烦您给看一下。"

她对修一说,旋即将红色的手提皮包放在座位上站起身。

"两人的座位?"

"哦。"

年轻女子的回答很暧昧。她浓妆艳抹的脸上并无愧色,转身就去了月台。她身着长大衣,有可爱的外翘垫肩,因而大衣自然地顺肩垂下,柔美且洒脱。

信吾信服,修一怎么会问两人的座位,他觉得修一真是机灵。他怎么知道女子在约会等人呢?

经修一解释,信吾恍然大悟,女子一定是去看伴侣到了没有。

女子是坐在靠窗的信吾前面,可她为何跟修一搭话呢?也许站起来正好面对着修一,或是修一更有女人缘。

信吾看了看修一的侧脸。

修一正在读晚报。

过了一会儿,年轻女子走回了电车,抓住敞开的车门门框,再度搜寻了一遍月台。约会的人像是爽约了。女子走回座位,浅色的大衣从肩向下微微摇摆,胸前一个大扣子,口袋开得很低。女子将一只手插在口袋里,摇摇晃晃。她与众不同的装束却很得体。

她在修一的前面坐下来，不是原先的位子。她三次回头看车厢入口，或许是靠近通道的座位更容易观察入口。

信吾前边的座位上摆着女子圆筒型的手提包，有宽宽的金属卡扣。

钻石耳饰像是仿制的，却也闪闪发光。她是特殊类型的美女，紧绷的脸上扎眼地镶着宽大的鼻子、美丽的樱桃小口、修短的微微上翘的浓眉、漂亮的双眼皮、不到眼角就消失的眼线、紧凑且线条分明的下巴颏儿。

她的眼神略带倦意，看不出有多大年纪。

入口处一阵喧嚣，年轻女子和信吾瞧向门口，只见上来了五六个男人，他们扛着偌大的枫树枝，闹哄哄的，像是旅行归来。

看叶子的红色，信吾认定那来自寒冷的北国。

听他们无所顾忌地嚷嚷，才获知是越后①深山的枫叶。

"信州②的枫叶大概也到了美丽的季节……"信吾对修一说。

然而信吾此刻念及的并非故乡山上的枫叶，而是保子的姐姐过世时供在佛堂里的大盆栽枫树的红叶。

那时候，修一当然还没有出生。

电车车厢染上了季节的色彩，信吾定定地望着座位上的枫叶。

---

①越后：日本古国名，现在的新潟县一带。
②信州：日本古信浓国的别称，现在的长野县一带。

突然回过神来时，年轻女子的父亲已坐在信吾面前。

原来女子是在等她的父亲，于是信吾的心情松弛下来。

父亲跟女儿一样长着一个大鼻子。两个大鼻子并排，不免让人感觉滑稽可笑。两人的发际也一模一样。父亲戴着黑框眼镜。

父女关系似乎漠然，两人不说话也不相望。到达品川站之前，父亲在睡觉，女儿也闭着眼睛。两人的眼睫毛都如出一辙。

修一和信吾的长相却差异很大。

信吾期盼父女俩说上一句话，同时又羡慕他们如陌生人一般的漠然。

他们的家庭也许是和睦的。

年轻女子在横滨站独自下了车。信吾这才大吃一惊，哪里是什么父女，他们是素不相识的路人。

信吾懊丧失望，无精打采。

电车驶出横滨站时，女子邻座的男人睁了睁眼，又不管不顾地打起盹儿来。

年轻女子一走，信吾顿时觉得这个中年男子真邋遢。

◆ ◆ ◆ ◆

信吾用胳膊肘轻触了修一一下，小声说：

"不是父女俩啊？"

修一没有做出信吾期待的反应。

"看见了吧？没看见？"

修一"嗯"地应了一声，同时点了点头。

"匪夷所思啊！"

修一似乎并不觉得奇怪。

"长得真像啊！"

"是啊。"

男人睡着了，即使有疾驰的电车声传来，那也不该大声议论眼前的乘客。

这样盯着人家也不好，于是信吾垂下了眼，一股寂寞随之袭来。

信吾本来觉得对方寂寞，可寂寞却莫名其妙地沉入了自己的心底。

这是保土谷站和户塚站之间的长距离区间，秋天的天空暮色苍茫。

那男人看着比信吾年龄小，但也有五十过半的样子。在横滨站下车的女子似乎跟菊子年龄相仿，不过菊子的眼睛比她美丽得多。

信吾纳闷儿，那女子为何不是这个男人的女儿呢？他越想越憋屈。

世间竟有这样的酷似，形同父女，想必这样的情况不多。对那个姑娘来说，恐怕只有这个男人如此相像；对这个男人来说，酷似的恐怕也只有这个姑娘。彼此都是限于一人，或者说，世间如他俩这般相像的人仅有一对。两人的生存毫不相干，做梦也想不到对方的存在。

两人偶乘一辆电车邂逅，想必不会有第二次。漫长人生路上短短的三十分钟里，一句话没说就分开了。比邻而坐的彼此没有多看对方一眼，大概也没有觉察到彼此的相似。奇迹般的两个人，并不知情地分道扬镳了。

受到这种奇妙现象冲击的倒是作为第三者的信吾。

信吾心里想的却是：自己偶然坐在两人面前观察了那般奇迹，莫非自己也是奇迹的参与者？

信吾慨叹造物者。何人创造了酷似父女的男女，让他们一生中仅有三十分钟的邂逅且让信吾看到了那般光景？

年轻女子的约会者未至，她却偶然和一个酷似父亲的男人并排而坐。

信吾不禁嘟囔了一句："莫非这便是人生？"

电车在户塚站停下，睡着的男人慌忙站起身。放在行李架上的帽子掉在了信吾脚下，信吾捡起来递了过去。

"哦，谢谢。"

他也不掸掸灰，戴上帽子便离去了。

"真有此等怪事，竟是陌生人……"信吾已无所忌惮地大声说。

"像是像，但体态不同。"

"体态……？"

"姑娘腰板儿直挺,老爷子佝偻着身子……"

"女儿装扮入时,老爹却一副寒酸样……不是世上常有的事吗?"

"倒也是……但穿戴还是有很大差异……"

"嗯。"信吾点了点头,"女子在横滨站下车的吧?剩下那男人自己,突然就给人穷困潦倒的感觉……"

"没错,一开始就有那种感觉。"

"他突然那么落魄,还是让我觉得有点儿不可思议,感同身受。他可比我年轻多了……"

"的确,老年人跟年轻貌美的女子……谁都会觉着扎眼。您说呢?"修一像在影射父亲。

"嗯,艳羡人家的唯有你这样的年轻男人……"信吾搪塞了一句。

"我才不艳羡呢。年轻貌美的男女在一起,缺的是稳重,丑男配美女又让人觉得可怜可悲,美女还是委身于老人更好。"

信吾觉得刚才那两人的情形是难以想象的,那种感觉还没有消去。

"不过那两人没准儿真是父女呢。我忽然想到,指不定是他与别的什么女人生下的孩子呢。他们相见,却没有通报姓名,父女彼此不相识……"

修一不再搭理。

信吾说罢,心里想:这下糟了!

信吾觉得，修一可能以为自己话里带刺，于是又说：

"二十年后，说不定你也会有这等奇遇……"

"爸爸您就是想说这些对吧？我可不是什么感伤的命运论者。敌人的枪弹在我耳边呼啸，却总是打不中我。在中国、南洋或许也有我的私生子，即使相见也不相识。比起耳边呼啸的枪弹，那算什么事儿，并不会危及生命。再说，绢子未必会生女孩儿。而且，她也说了孩子不是我的。既然如此，我也只好顺着她的说法，仅此而已。"

"战争年代跟和平年代不同……"

"如今新的战争阴影已迫近。上次战争的阴影，也像幽灵一般追逼着我们。"修一愤恨地说，"女子有点儿特别，爸爸您就隐隐地感怀她的魅力，没完没了地生出各种奇妙的念头。那个女子不过略微有点儿与众不同，男人马上就会觉察到……"

"女子有点儿特别，你就让她生儿育女，这样好吗？"

"我才不要呢。想要孩子的其实是女人……"

信吾不语。

"在横滨站下车的那个女子……是自由的嘛。"

"什么自由？"

"不结婚啊。随叫随到。表面上高雅，其实没有正经的生活，所以显得六神无主、慌里慌张……"

信吾惊诧，修一的观察令人生畏。

"你已无可救药啊。何时堕落至此？"

"其实菊子也是自由的，真正的自由。不是士兵，也不是囚犯。"修一的口吻像是挑战。

"说自己的妻子是自由的,什么意思?你对菊子也这样说吗?"

"该由爸爸您对菊子说吧。"

信吾极力忍耐。

"就是说,我去叫菊子跟你离婚?"

"不是。"修一也压低了嗓门儿。

"只是说,在横滨站下车的女子是自由身嘛……跟菊子年龄相仿,所以爸爸看他们才觉得像是父女,不是吗?"

"你说什么?"信吾出乎意料,怅然若失,"不是吗?他们若不是父女,可真是稀奇了!那么相像……"

"可是,那有什么稀奇的呢?爸爸您何必那么动容?"

"是啊。我就是深受感动啊!"信吾答道。

可是修一的一句话噎住了信吾,他说菊子在信吾心里……

手持枫树枝的乘客在大船站下了车,信吾看着枫树枝在月台上远去。

"回信州看枫叶好不好?保子和菊子也一起去。"

"行啊,可是我对枫叶没什么兴趣。"

"真想看看故乡的山啊!你妈妈梦见故乡的家已破败荒芜……"

"是破败了。"

"不趁现在修整一下,恐怕就彻底完蛋了。"

"结构还好,没散架,可是……修整后打算做什么呢?"

"你说呢?我们养老吧。没准儿什么时候,你们会疏散去那里……"

"这回我留下看家吧。菊子还没见过爸爸您的老家,让她去看看吧。"

"近来菊子怎么样?"

"我跟那个女人了断后,菊子反而无精打采……"

信吾苦笑。

◆ ◆ ◆

星期日下午,修一好像又去了钓鱼池。

信吾并排铺好晾晒在过廊的坐垫,枕着胳膊躺在上面,暖融融地沐浴着秋日的阳光。

阿照也躺在廊道前放鞋的石板处。

客厅里,保子腿上放着近十天的报纸,她看到有趣的消息便读给信吾听。如此反复,信吾已十分厌倦。

"星期天,保子你就不要看报了嘛。"

信吾说罢,懒洋洋地翻了个身。

菊子在客厅的壁龛前种王瓜。

"菊子,那是从后山找来的吗?"

"嗯,长得很美……"

"山上还有吧?"

"有的，还有五六个呢。"

菊子手中的藤蔓上挂着三个瓜。

每天早晨洗脸，信吾都能从芒草的上方看到后山上着色的王瓜。进了客厅，红色的王瓜更加醒目。

信吾望着王瓜，菊子的身影突然映入眼帘。

从下巴颏儿到脖颈，洗练优美的线条无以形容。信吾心想，一代人无法养出这样的线条，须有几代血统才能产生这样的美。信吾不禁感到哀伤。

或因发型，菊子的脖颈尤其显眼，并且略显消瘦。

信吾早就知道，菊子细长的脖颈线条很美。若离开一点儿距离，由躺下的角度观望，更是美丽无比。

或许也是源自秋天柔和的光线。

从下巴颏儿到脖颈的曲线也透显出菊子少女时代的风韵。

然而那线条一旦渐渐地柔和丰腴起来，少女的风采就会逐渐消失。

"还有一条，就一条……"保子招呼信吾，"很有趣呢。"

"是吗？"

"美国的报道，说纽约州有一个叫布法罗的地方，布法罗……有个男人因车祸撞掉了左耳，去找医生。医生飞奔去现场找到那只血淋淋的耳朵，捡回来后即刻再植到了伤口上。听说后来恢复得很好。"

"据说手指截断也能再植，效果不错……"

"真的吗？"保子又看其他的消息，像突然想起什么似的，

"夫妇也是这样，分开一段时间后重聚，也会水乳交融。时间太长就难说了……"

"你说的什么啊？"信吾懵懵懂懂地问。

"房子不就是这样的情况吗？"

"相原生死不明，失踪了……"信吾轻声答道。

"他的去向一查便知……真不敢想象他眼下怎样。"

"都怪你拖泥带水。他们早就提交了离婚申请。早该死了心。"

"早该死了心？年轻的时候我可是说该撒手就撒手。可房子现在怎么弄啊？带着两个孩子……"

信吾无言以对。

"房子那么个长相……即便能再婚，也没法扔下两个孩子再嫁啊。那样菊子也太可怜了。"

"要是那样，菊子他们当然要出去住。孩子由外婆抚养。"

"我嘛，不是不肯出力，可你知道我也是六十几岁的人了……"

"那就只好尽人事听天命了。房子上哪儿去了？"

"去看大佛了。孩子有时也真奇怪。有一回里子去看大佛，归途中险些被汽车轧了。可她喜欢大佛，总想去看看呢。"

"不会是爱上大佛了吧？"

"好像是爱上大佛了。"

"啊？"

"房子不回乡下吗？可以去继承家产……"

"老家的家产不需要什么人去继承。"信吾斩钉截铁地说。

保子沉默下来，继续读报。

"爸爸，"这回是菊子呼喊，"听妈妈说了耳朵的故事，才想起有一回爸爸说能不能把人头从躯体上卸下，存放到医院，请他们清洗、修理一下……"

"对、对，当时在观赏附近的向日葵，近来像更有必要性。动辄忘记了系领带的方法，或许要不了多久，报纸都会若无其事地颠倒着读啦……"

"我也经常想起这档子事儿，还琢磨着怎样把脑袋存放在医院里呢……"

信吾望了望菊子。

"嗯。每晚都要把脑袋存在睡眠医院里啊。可能是年龄的缘故吧，我经常做梦。我忘记在哪里读过一首诗：'日有所思，夜有所梦，心中有痛苦。'梦是现实的延续，我的梦却并非现实的延续。"

菊子瞅了瞅自己种下的王瓜。

信吾望着王瓜花唐突地说：

"菊子，请搬出去住吧……"

菊子大吃一惊，转身站起来，走到信吾的身边坐下。

"搬出去住怪害怕的。修一很可怕……"

菊子小声说，不让保子听见。

"菊子你打算同修一分手吗？"

菊子认真地说：

"假如真的分了手,我希望能让我照顾爸爸您……"

"这就是菊子你的不幸。"

"不,我心甘情愿,没有不幸……"

信吾有点儿吃惊,这是菊子第一次表现出热情,他感到了危险。

"菊子你对我好,是把我当作修一了吧?这样跟修一会有隔阂的。"

"他这个人有时令人费解,时常让人突然觉得可怕,真没办法啊。"菊子面色苍白地望着信吾诉苦。

"是啊,修一去了战场后就变了。我也搞不清他的真心所在。故意……当然不是指刚才的事,我是说血淋淋切下的耳朵,都能完好无缺地再植……"

菊子一声不响。

"修一对你说过……你是自由的吗?"

"没有。"菊子带着诧异的眼神,"什么自由?……"

"唔,我也这样反问修一,说自己的妻子自由是何意……细想一下,或许有这层含义,你从我这里获得更多的自由,我也让你更加自由。"

"'我'是谁?爸爸您吗?"

"对啊。修一让我跟你说,你是自由的。"

这时,天上传来声响,信吾真以为是天上传来的声音。

抬头望去,原来是五六只鸽子从庭院上空低低地斜飞过去。

菊子也听见了,她走到廊道一端,目送鸽子,眼里噙着泪水喃喃自语:

"我自由吗?"

趴在换鞋的石板上的阿照也在追踪鸽子扇动翅膀的声音,跑向了庭院的对面。

◆ ◆ ◆ ◆

星期天晚饭时,全家七口齐聚一堂。

离婚后回到娘家的房子和两个孩子,当然也是家庭成员。

"鱼铺里只有三条香鱼,给里子一条吧……"

菊子说着,在信吾、修一和里子面前分别放了一条。

"小孩子吃什么香鱼嘛。"房子把手伸了过去,"给外婆吃。"

"不!"里子按住了碟子。

保子和蔼地说:

"好大的香鱼呀,大概是今年最后一拨了吧。别给我,我吃外公的。菊子吃修一的……"

这么一说,自然分成了三组,也许该有三个家。

里子先动筷子夹起了盐烤香鱼。

"好吃吗?吃相真难看啊。"

房子蹙眉,用筷子夹起香鱼送入次女国子的口中。里子并未吱声。

"我要鱼子……"

保子嘟囔了一句,用自己的筷子掐下一块信吾的香鱼子。

"从前在乡下的老家,你姐姐教我作俳句,有这样一类季语①,如秋季的香鱼、顺流而下的香鱼、赤褐斑香鱼……"信吾言及于此,突然瞅了瞅保子的脸,接着又说,"香鱼产卵后太过疲惫,色衰影微,便摇摇摆摆地游到海里去。"

"就像我这样啊。"房子马上说,"我生来就没有香鱼那般姿容。"

信吾佯装没有听见。

"古时曾有这般俳句:'秋季入时的香鱼,委身于海水;湍湍急流送入海,香鱼知死期。'这仿佛是我的写照。"

"说的是我呀。"保子说,"产卵后顺流而下,入海即死,是吗?"

"的确,入海就死了。偶尔也有一些香鱼潜在河边度过年关的,这种香鱼就叫作栖息香鱼。"

"我也许属于这类栖息香鱼啊。"

"我大概栖息不了呢。"房子说。

"不过回娘家来,房子胖了,气色也好多了。"保子说着望了望房子。

"我不喜欢发胖。"

"回娘家后就像潜在河边栖息。"修一说。

---

①季语:日本俳句中表示季节的词语。

"我不会潜得太久。不愿意啊，我会下海的。"房子用高亢的声音说。

"里子，只剩下骨头了，别再吃啦。"房子责备地说。

保子露出一副惊奇的神色说：

"你爸爸的香鱼话题，使难得的香鱼味道都没了。"

房子原先低着头，嘴里叨叨着，后来却郑重其事地说：

"爸爸，您能助我一臂之力开家小铺吗？化妆品店、文具店都行……近郊偏点儿的地方也可以。我想搞个货摊或站立吃饭的小店……"

修一惊讶地说：

"姐姐你还会做待客的生意？"

"当然啦。客人要喝的是酒，不是女人的脸蛋。你自己有个漂亮的太太，说话不嫌腰疼……"

"我可不是那个意思。"

"姐姐你肯定能行！女人也能做待客的饭馆买卖。"菊子冷不防地脱口而出，"姐姐你开饭馆，我也要去帮忙的呢。"

"哦，太阳从西边出来了？"

修一有点儿惊愕，晚餐桌上顿时沉寂下来。

菊子一个人脸红到了耳根。

"我说……下个周日，一起回老家赏枫叶好吗？"信吾说。

"枫叶吗？我很想去呀！"保子的眼睛明亮起来。

"菊子也去吧。你还没见过我们的家乡呢。"

"嗯。"

房子和修一依然憋着一肚子火。

"谁看家呢?"房子问。

"我看家。"修一回答。

"我来看家。"房子说反话。

"不过去信州之前,爸爸您须回复我刚才的请求。"

"那就给你一个答复吧。"

信吾说着想起了绢子,她身怀胎儿在沼津开了一家小裁缝铺。

吃罢晚饭,修一率先起身离去。

信吾也揉揉酸疼的脖颈站起身,无意中望了望客厅,打开电灯喊道:

"菊子,王瓜都垂下来了。太沉了啊!"

洗刷陶瓷碗碟的声音太大,菊子像是没有听见。

总序　弥合世界与内心空隙的日本文学经典

思前想后，不知道这个总序该怎样写，不是文学史，却又跟文学史脱不了干系。经典系列的选编标准肯定是以文学史为基础。纵览日本文学的历史，经典可谓浩繁。飞鸟时代有《古事记》（纪传体史书）、《日本书纪》（编年体史书）、《怀风藻》（日本最早的汉诗集）和《万叶集》（最古的和歌集）。平安时代的文学被称作中古文学，代表性经典有《凌云集》（最早的敕撰汉诗集）、《古今和歌集》（最早的敕撰和歌集）、《土佐日记》（纪贯之）、《竹取物语》（作者不明）、《枕草子》（清少纳言）、《源氏物语》（紫式部）等。接下来的镰仓时代、室町时代和安土桃山时代的文学，有《方丈记》（鸭长明）、《徒然草》（吉田兼好）、《平家物语》（作

总序　弥合世界与内心空隙的日本文学经典

　　思前想后，不知道这个总序该怎样写，不是文学史，却又跟文学史脱不了干系。经典系列的选编标准肯定是以文学史为基础。纵览日本文学的历史，经典可谓浩繁。飞鸟时代有《古事记》（纪传体史书）、《日本书纪》（编年体史书）、《怀风藻》（日本最早的汉诗集）和《万叶集》（最古的和歌集）。平安时代的文学被称作中古文学，代表性经典有《凌云集》（最早的敕撰汉诗集）、《古今和歌集》（最早的敕撰和歌集）、《土佐日记》（纪贯之）、《竹取物语》（作者不明）、《枕草子》（清少纳言）、《源氏物语》（紫式部）等。接下来的镰仓时代、室町时代和安土桃山时代的文学，有《方丈记》（鸭长明）、《徒然草》（吉田兼好）、《平家物语》（作

总序　弥合世界与内心空隙的日本文学经典

思前想后，不知道这个总序该怎样写，不是文学史，却又跟文学史脱不了干系。经典系列的选编标准肯定是以文学史为基础。纵览日本文学的历史，经典可谓浩繁。飞鸟时代有《古事记》（纪传体史书）、《日本书纪》（编年体史书）、《怀风藻》（日本最早的汉诗集）和《万叶集》（最古的和歌集）。平安时代的文学被称作中古文学，代表性经典有《凌云集》（最早的敕撰汉诗集）、《古今和歌集》（最早的敕撰和歌集）、《土佐日记》（纪贯之）、《竹取物语》（作者不明）、《枕草子》（清少纳言）、《源氏物语》（紫式部）等。接下来的镰仓时代、室町时代和安土桃山时代的文学，有《方丈记》（鸭长明）、《徒然草》（吉田兼好）、《平家物语》（作

总序　弥合世界与内心空隙的日本文学经典

思前想后，不知道这个总序该怎样写，不是文学史，却又跟文学史脱不了干系。经典系列的选编标准肯定是以文学史为基础。纵览日本文学的历史，经典可谓浩繁。飞鸟时代有《古事记》（纪传体史书）、《日本书纪》（编年体史书）、《怀风藻》（日本最早的汉诗集）和《万叶集》（最古的和歌集）。平安时代的文学被称作中古文学，代表性经典有《凌云集》（最早的敕撰汉诗集）、《古今和歌集》（最早的敕撰和歌集）、《土佐日记》（纪贯之）、《竹取物语》（作者不明）、《枕草子》（清少纳言）、《源氏物语》（紫式部）等。接下来的镰仓时代、室町时代和安土桃山时代的文学，有《方丈记》（鸭长明）、《徒然草》（吉田兼好）、《平家物语》（作

总序　弥合世界与内心空隙的日本文学经典

　　思前想后，不知道这个总序该怎样写，不是文学史，却又跟文学史脱不了干系。经典系列的选编标准肯定是以文学史为基础。纵览日本文学的历史，经典可谓浩繁。飞鸟时代有《古事记》(纪传体史书)、《日本书纪》(编年体史书)、《怀风藻》(日本最早的汉诗集)和《万叶集》(最古的和歌集)。平安时代的文学被称作中古文学，代表性经典有《凌云集》(最早的敕撰汉诗集)、《古今和歌集》(最早的敕撰和歌集)、《土佐日记》(纪贯之)、《竹取物语》(作者不明)、《枕草子》(清少纳言)、《源氏物语》(紫式部)等。接下来的镰仓时代、室町时代和安土桃山时代的文学，有《方丈记》(鸭长明)、《徒然草》(吉田兼好)、《平家物语》(作者不明）等。到江户时代的近世文学，背景分江户前期的元禄文化（以京都、大阪为中心）和江户后期的文化文政文化（以江户为中心）。此期代表性的文学经典主要有《奥州小路》（松尾芭蕉）、《曾根崎情死》（近松门左卫门）、《雨月物语》（上田秋成）、《古事记传》（本居宣长）、《东海道中膝栗毛》（十返舍一九）、《南总里见八犬传》（曲亭马琴）、《我春集》（小林一茶）和《东海道四谷怪谈》（鹤屋南北）等。明治时代、大正时代和昭和时代的日本近现代文学，出现了形形色色的文学流派和文学样式。耳熟能详的有《小说神髓》（坪内逍遥的理论著作）、《浮云》（二叶亭四迷）、《金色夜叉》（尾崎红叶）、《五重塔》（幸田露伴）、《舞姬》（森鸥外）、《青梅竹马》（樋口一叶）、《天地有情》（土井晚翠）、《破戒》（岛崎藤村）、《棉被·乡村教师》（田山花袋）、《我是猫》与《心》（夏目漱石）、《罗生门》（芥川龙之介）、《雪国》（川端康成）、《斜阳》与《人间失格》（太宰治）、《细雪》（谷崎润一郎）、《假面的告白》（三岛由纪夫）以及《万延元年的足球队》（大江健三郎）等。这里列举的，不妨说是古代、中古、近世乃至近现代具有代表性的日本文学经典。

　　一家出版机构将这些具有代表性的经典作品全部翻译出版是一个奢望。本系列丛书着重选取明治维新后的近现代文学的经典篇目，且以小说为主。简单说来，明治维新以后的日本开展了汲取西洋思想、文化的文明开化运动，对文学也产生了很大的影响。言文一致运动便是其反映之一。结果是日语的书面语言摈弃了之前日本文学注重汉文的传统，在明治中期确立了直接连接现代日语的书面语言（"だ·である"体和"です·ます"体）。"文学"

一语，最初亦是翻译词语。在前述文体变革中，产生了如今一般认识中的"文学"概念。明治维新以后至1885年坪内逍遥的《小说神髓》发表之前，日本文学的分类是通俗文学、翻译文学和政治小说。日本近代文学的起步，始自坪内逍遥的《小说神髓》（1885），这是日本近代以来最早的一部文学理论书籍，之后二叶亭四迷又写了一部《小说总论》（1886）。两人推崇的是西方的写实主义文学样式。作为写实主义文学的实验性作品，坪内逍遥创作了《当代书生气质》（1885），二叶亭四迷则发表了被称作日本近代小说嚆矢的《浮云》（1887）。写实主义文学起步的同时，政治性国粹主义氛围高涨，井原西鹤与近松门左卫门的古典文学获得重新评价。1885年尾崎红叶和山田美妙等创立砚友社，创刊《我乐多文库》。在拟古主义的名目下，尾崎红叶发表了《两个比丘尼的色情忏悔》（1889）、《金色夜叉》（1897）等脍炙人口的经典小说，风格迥异的幸田露伴则发表了《风流佛》（1889）、《五重塔》（1891）等理想主义小说。两位作家的活跃让当时的文学创作进入"红露时代"。伴随着近代化的进程，自我意识的觉醒带来了人性的解放。此期的浪漫主义代表作品有追求开放自由和自我意识觉醒的森鸥外的《舞姬》（1890）、女作家樋口一叶的《青梅竹马》（1895）等。泉镜花的《高野圣》（1900）和《歌行灯》（1910）亦饱含着浪漫情绪，开拓出幻想与神秘的独特世界。国木田独步发表了以随笔式语言描写自然美的《武藏野》（1898）。基督教人道主义者德富芦花则发表了拥有社会性视野的家庭小说《不如归》（1899）。

  日本的近代文学展现了丰富多彩的特点，其中的一个转折发生在二十世纪初。明治时代末期，日本文学受到西方自然主义（左拉、莫泊桑）文学很大的影响。自然主义文学的代表作品是岛崎藤村的《破戒》(1906)和田山花袋的《棉被》(1907)。尤其田山花袋的《棉被》，这部短篇小说被称作日本"私小说"的原点。有人称"私小说"是西方自然主义文学的变种。《棉被》以后的日本文学，"私小说"被公认成为一种主流性的样式存在，甚至与纯文学划上了等号。其他自然主义作家有国木田独步、德田秋声、正宗白鸟等。德田秋声也是典型的"私小说"作家，代表作有《新家庭》(1908)等。1909年田山花袋刊出了另一代表作《乡村教师》。岛崎藤村1910年发表了《家》，1918年发表了《新生》。面对前述自然主义文学的流行，近乎同期日本也形成了反自然主义的文学潮流，除了声名显赫的夏目漱石（余裕派）和森鸥外（高蹈派），反自然主义文学分类还有耽美派（唯美主义）、白桦派（理想主义）和新现实主义。夏目漱石发表的《我是猫》(1905)、《少爷》(1906)、《草枕》(1906)、《门》(1910)，描写了日本近代知识分子的内在精神；修善寺大病后刊出的《心》(1914)、《明暗》(1916)，揭示了人类的利己心。森鸥外受夏目漱石旺盛的创作活动刺激，依次发表了《青年》(1910)、《雁》(1911)等现代小说以及史传性的作品《涩江抽斋》(1916)，后转向历史小说的创作。此外值得一提的是唯美主义文学两位代表作家。一位是永井荷风，最初同样倾倒于自然主义文学，从欧洲归国后发表了《法国物语》(1909)，后则成为纯粹的唯美派作家，代表作有《濹东绮谭》等。另一位是谷崎润一郎，代表作有《刺青》(1910)和《痴人之爱》(1924)等。必须承认，唯美主义一方面与自然主义相对立，另一方面与自然主义也有着某种内在的一致性。日本近代的耽美派又被称作后期浪漫主义，以两个文学刊物《昴》和《三田文学》为活动中心，代表作家还有佐藤春夫和久保田万太郎。在自由和民主主义社会氛围中，主张人道主义的白桦派文学一度时兴。白桦派的代表人物是武者小路实笃、志贺直哉、有岛武郎和里见弴。武者小路实笃的代表作有《幸运的人》(1911)和《友情》(1919)，志贺直哉的代表作则有《和解》《在城崎》(皆为1917)、《暗夜行路》(1921—1937)等，有岛武郎的代表作是《一个女人》(1919)，里见弴的代表作是《多情佛心》(1922)。志贺直哉同时又是日本私小说与心境小说的代表作家，其作品被当作纯文学之典范，对同时代的年轻小说家产生过很大的影响。

大正时代(1912—1926)中期开始，以《新思潮》为活动中心的新现实主义代表作家，有受前辈作家夏目漱石和森鸥外影响的芥川龙之介、菊池宽、山本有三和久米正雄等。大致同期，另有一批作家被称作奇迹派或新早稻田派，如广津和郎、葛西善藏、宇野浩二、嘉村矶多，多为"私小说"作家。1920年6月前后至1935年是日本现代主义文学和无产阶级文学并存期。第一次世界大战后兴起于欧洲的达达主义、未来主义和表现主义文学技法传到日本，冲击了日本小说家坚守的平板化的写实主义和艺术至上主义。以横光利一和川端康成为代表的新感觉派，对传统文坛的个人主义写实持批判态度。横光利一将某种电影化手法运用于小说《蝇》(1923)的创作，又在1935年刊出重要论文《纯粹小说论》，在"观察自我的自我"之必要性上设定了所谓"第四人称"。川端康成则于1935年开始创作其代表作《雪国》，展现了独具一格的审美意识。另一个现代主义文学流派叫新兴艺术派俱乐部，两位别具特色的作家是继承了"私小说"传统的梶井基次郎和井伏鳟二，前者的代表作是《柠檬》（1925），后者是《山椒鱼》（1929）。新感觉派的继承者则是新兴艺术派解体后留下业绩的堀辰雄与新心理主义的伊藤整，前者的代表作是《圣家族》（1930）和《起风了》（1938），后者主要业绩在文学史和文学批评方面。两人尝试了受乔伊斯和普鲁斯特影响的精神分析或揭示深层心理的艺术表现方式。同期具有影响力的批评家小林秀雄，据称确立了日本近代批评的形态。在特定的政治、历史、文化背景下，1921年小牧近江创刊了《播种人》杂志，无产阶级文学潮流兴起，代表作家是小林多喜二（《蟹工船》1929）、德永直（《没有太阳的街》1929）、宫本百合子、叶山嘉树、中野重治、佐多稻子、壶井荣（《二十四只眼睛》1951）等。无产阶级文学评论方面的代表人物是藏原惟人和宫本显治。

如前所述，本篇总序并非文学史描述，但与文学史又有着密切的关联。近似于文学史的描述，目的在于示明本系列选题的基本范围。在此范围之内的皆有被选择的可能性，但并非所有的作品都会被纳入选题。初拟选定的时间下限截至1970年。必须强调，二战后的"战后派"文学影响很大，杰出的作家有武田泰淳、埴谷雄高、野间宏、加藤周一、大冈升平、三岛由纪夫、安部公房、井上靖、岛尾敏雄、梅崎春生等，影响力一直延续到二十世纪末。战后派重要的小说作品有大冈升平的《俘虏记》（1949）和《野火》（1952）、三岛由纪夫的《假面的告白》（1949）和《金阁寺》（1956）、安部公房的《墙壁》（1951）等。日本"战后派"有第一次战后派、第二次战后派、第三次战后派之分,"第三新人"便是第三次战后派。 具有一致性的代表作家,有安冈章太郎、吉行淳之介、远藤周作、小岛信夫、庄野润三、阿川弘之等。"第三新人"之后登场的新人作家是大江健三郎、开高健、江腾淳和北杜夫等。 此外,二战后还出现了一批引人注目的女作家,有野上弥生子、宇野千代、林芙美子、佐多稻子、幸田文、圆地文子、平林泰子、濑户内晴美、田边圣子、有吉佐和子、山崎丰子等。 无可置疑,当时处于文坛中心的川端康成乃别样的文学存在,陆续发表的重磅力作有《千羽鹤》(1949)、《山音》(1954)、《睡美人》(1961)和《古都》(1962)等。 其他文坛元老的创作则有谷崎润一郎的《钥匙》(1956)和《疯癫老人日记》(1962)、井伏鳟二的《黑雨》(1966)等。 同期其他重要作品有安部公房的《砂女》(1962)、《燃烧的地图》(1967)等,大江健三郎的《个人的体验》(1964)、《万延元年的足球队》(1967)等,井上靖的《敦煌》(1959)、《俄罗斯国醉梦谭》(1968)等。1968 年,川端康成荣获诺贝尔文学奖;1970 年,三岛由纪夫在日本自卫队的市谷驻地剖腹自杀,同年四部曲《丰饶之海》完稿。 其他战后派作家的代表作品有岛尾敏雄的《死棘》(1960)、梅崎春生的《幻化》(1965)、大冈升平的《莱特战记》(1971)、中村真一郎的《赖山阳及其时代》(1971)、野间宏的《青年之环》(1971)等。 再往后出现"内向的一代",代表作家是古井由吉、后藤明生、黑井千次、日野启三等。 二战后不同类型的作家尚有历史小说家司马辽太郎、陈舜臣、伊藤桂一,推理小说作家松本清张、水上勉、西村京太郎、森村诚一,科幻小说作家被称作"御三家"的星新

一、小松左京、筒井康隆，以及言情作家渡边淳一等。渡边淳一是一个特殊的存在，在他这个文类或领域，可谓空前绝后。1970年以小说《光与影》荣获日本通俗文学大奖直木奖，1995年他的长篇小说《失乐园》在日本引发"失乐园"热，2003年获菊池宽奖。二战后出生作家首获芥川奖的中上健次，获奖作品是《海角》（1975）、《枯木滩》（1977）。此外1979年获野间文艺新人奖的津岛佑子（太宰治次女），1976年获得芥川奖的村上龙以及至今拥有无数读者的村上春树，都是二十世纪七十年代后不可忽视的文学存在。二十世纪末至今受到关注的作家，还有岛田雅彦、池泽夏树、笙野赖子、多和田叶子、山田咏美、吉本芭娜娜等。1986年获得"文学界"新人奖的片山恭一亦值得注目，代表作是《在世界中心呼唤爱》，这也是迄今为止日本销量最高的单行本小说。当然，二十世纪七十年代以后的作家作品，除少数例外，一般不会纳入本经典系列的选题中。

近年以来，青岛出版社在日本文学的翻译、出版方面业绩斐然，此次的日本文学经典名家名作名译系列更是一个大胆且富有创意的构想。前面拉拉杂杂提到日本自古以来重要作家的重要作品（主要是小说类），但本经典系列的初衷并不奢望一网打尽所有经典，也不期望一次性出齐所有入选系列的经典译著。成熟的经典译著拟分辑先后刊出，分批次陆续将一些名家翻译的日本文学经典作品列入出版计划。现已纳入出版计划的有周作人译《枕草子》（清少纳言）、陈岩译《奥州小路》（松尾芭蕉）、文洁若译《五重塔》（幸田露伴）、高慧勤译《舞姬》（森鸥外）、林少华译《我是猫》（夏目漱石）等。既然是从古到今的日本文学经典，《万叶集》

(例外不是小说)和《源氏物语》必不可少。但是有时,名家翻译也会出现这样那样的问题,尤其是无法解决的版权问题。那么竭尽全力选择最为合适的译者重新翻译,这是一个很大的挑战。不敢说超越前辈,至少争取规避前辈翻译家遭遇过的难点或困境,在尊重经典、准确翻译的基础上,尽力推出具有自己文体风格的优秀的译作。我们知道,在1983年的日本文学研究会第三届全国年会上,在学会法人、学会副会长李芒先生的带领下,诸多前辈学者、翻译家、出版家曾确立过一个庞大的翻译出版选题计划——从古到今的"日本文学大系"。当时,众多国内一流的出版社参与了这个选题计划,但遗憾的是这项庞大的计划没有付诸实施。毫无疑问,那与青岛出版社目前的经典选题系列不同,后者并不奢望一举成功、无一遗漏地推出所有的经典名著。经典的定义,亦仁者见仁智者见智。想必这样的方式更具灵活性,时间上、年代上不受限制,选题上也依照主编个人化的选定标准。比如,第一辑即将推出的名家名作名译除前述几部外,还有宋再新翻译的《黑雨》(井伏鳟二)和魏大海翻译的《棉被·乡村教师》(田山花袋)。经典名著的判定标准理应是文学史上已有定论的作家作品,当然也要兼顾主编相对主观的判定。总之,本文学经典系列是一个具有灵活性的优良架构,我们会陆续将成熟的日本文学经典名家名作名译装进箩筐,希望在金秋收获的时光为国家的文化事业贡献一份力量。

魏大海

二〇二〇年金秋十月

目录

总序　弥合世界与内心空隙的日本文学经典　01

卷一

第一段　四时的情趣　001

第二段　时节　002

第三段　正月元旦　002

第四段　言语不同　005

第五段　爱子出家　006

第六段　大进生昌的家　006

第七段　御猫与翁丸　010

第八段　五节日　013

第九段　叙官的拜贺　014

第一〇段　定澄僧都　014

第一一段　山　015

第一二段　峰　015

第一三段　原　015

第一四段　市　016

第一五段　渊　016

第一六段　海　016

第一七段　渡　016

第一八段　陵　016

第一九段　家　017

第二〇段　清凉殿的春天　017

卷二

第二一段　扫兴的事　027

第二二段　容易宽懈的事　030

第二三段　人家看不起的事　030

第二四段　可憎的事　031

第二五段　小一条院　034

第二六段　可憎的事续　035

第二七段　使人惊喜的事　037

第二八段　怀恋过去的事　038

第二九段　愉快的事　038

第三〇段　槟榔毛车　039

第三一段　说经师　039

第三二段　菩提寺　041

第三三段　小白河的八讲　042

第三四段　七月的早晨　046

卷三

第三五段　树木的花　053